LA ANATOMÍA
de una
INADAPTADA

LA ANATOMÍA

de una

INADAPTADA

Andrea Portes

HarperCollins *Español*

© 2018 por HarperCollins Español
Publicado en Nashville, Tennessee, Estados Unidos de América.

Título en inglés: *Anatomy of a Misfit*
© 2014 por Andrea Portes
Publicado por HarperTeen, un sello de HarperCollins Publishers.

Editora en Jefe: *Graciela Lelli*
Traducción: *Ana Robleda*
Adaptación del diseño al español: *Mauricio Diaz*

ISBN: 978-0-71809-440-9

Impreso en Estados Unidos de América

18 19 20 21 DCI 6 5 4 3 2 1

PARA DYLAN

Esta novela se basa en mi noveno curso de secundaria.
He escrito esta historia porque desearía poder dar marcha atrás
en el tiempo y hacerme llegar este mensaje a mí misma.

Uno

Pedaleo rápido, rápido, rápido. Este es el momento. Es uno de esos momentos de película que piensas que nunca te van a suceder a ti, pero que luego te suceden, y ahora me ha tocado.

Pedaleo rápido, rápido, rápido. Esta es mi única oportunidad de pararlo. Este es el lugar en el que parece que todo va a ir rematadamente mal y que ya no hay esperanza, pero como se trata de una película, sigue habiendo esperanza a pesar de todo, y hay una sorpresa que lo cambia todo, y todos suspiran aliviados y todo el mundo vuelve a casa y se siente bien consigo mismo; hasta puede que se queden dormidos en el coche.

Pedaleo rápido, rápido, rápido. Este es el momento. Este es el momento que voy a recordar durante el resto de mis noches, de mis días, de mis horas mirando al techo. Cuando acabe esa colina y baje la siguiente, entre esos árboles y más allá del instituto.

Pedaleo rápido, rápido, rápido. Este es el momento. Cuando llego allí, veo las luces que se ponen azules, rojas, blancas, azules, rojas, blancas, azules, rojas, blancas, pequeños círculos cortados en cubo dentro de las sirenas, y piensas que puedes pararlo pero por supuesto no puedes, ¿cómo se te ha ocurrido pensar que podrías?

Pedaleo rápido, rápido, rápido. Este es el momento.

Este es el momento, y es demasiado tarde.

Dos

¡No te vas a creer lo que ha pasado!

Espera. Empecemos por el principio.

A Logan McDonough le han comprado una Vespa. Eso es lo primero.

Imagínate que Logan se hubiera presentado, por primera vez en su vida, en Pound High School, Lincoln, Nebraska, el primer día de clase de décimo curso, a lomos de su moto negra, con su atuendo negro de *mod* y luciendo su cabellera oscura con ese corte de pelo de *mod*. Habría sido un bombazo. Incluso Becky Vilhauer, también conocida como la chica más popular del instituto, y también conocida como Darth Vader, se habría desmayado.

Pero él ya había estado antes aquí, en noveno. Cuando era un friki. Entenderás entonces que, presentarse así, es completamente ilegal. En el tiempo que va de mayo a agosto, no se puede decidir de buenas a primeras cambiar por completo tu identidad y pasar de ser un friki a un tío enrollado, hacerte un corte de pelo molón, enfundarte unos pantalones negros pegados, perder diez kilos y aparecer subido en una Vespa. Eso no puede ser. ¡Va contra las reglas, y todo el mundo lo sabe! ¡Es una pasada! Pero con Becky Vilhauer no iba a colar. Lo sé porque la tenía a mi lado cuando él llegó a la puerta y tenías que haberla visto con la boca abierta. Menudo cabreo. Si te preguntas qué hacía yo al lado de Becky, también conocida como el lado oscuro de la fuerza, es porque ocupo el tercer lugar en el orden jerárquico de por aquí. No espero poder ascender por razones que ya te explicaré más adelante, con lo que es el puesto que ocuparé siempre. Y, como no dejan de recordarme, puedo considerarme afortunada.

Entre la número uno y la número tres está Shelli Schroeder, la número dos. Es mi mejor amiga, aunque sea un poco putón. Me ha contado una cosa que hubiera querido poder borrar de mi memoria auditiva en el momento mismo en que me la contó, y que ahora tú también querrás borrar en el acto, y es que se lía con los *rockers* del instituto. Incluso ha llegado a tener sexo con ellos. Una vez me dijo que Rusty Beck le había dicho que tenía *«el coño más grande de cuantos se había follado»*. Tal cual. Y ahora, intenta no oírselo decir. No señor, no puedes. Por cierto: me lo dijo como si fuera un cumplido. No tuve valor para decirle que no le va a servir para conseguir pareja en el baile de graduación.

Me gusta Shelli, pero tiene una forma un poco rara de aplicarse el delineador. Lo que hace es dibujar una especie de círculo alrededor de cada ojo, de modo que tienes la impresión de que te miran dos almendras negras. Constantemente. Suplicando. Sí, hay algo en el aspecto de Shelli que hace que sientas la necesidad de ayudarla. Supongo que por eso los roqueros del instituto la ayudan a quitarse la ropa casi de continuo.

Veamos: la razón por la que soy el número tres, y ni siquiera se me ocurriría soñar con alcanzar el número dos o el uno, es porque mi padre es rumano, y se parece mucho al conde Chocula, ese que aparece en las cajas de cereales. ¡Sí, en serio! Parece un vampiro. Da igual que no lo veamos nunca, y que viva la mitad del tiempo en Princeton y la otra mitad en Rumanía. No importa. Lo único que sí importa es que me dejó en herencia un apellido raro: Dragomir. Y para redondear, me cargó con un nombre todavía más raro: Anika. Anika Dragomir.

Ya ves… no hay esperanza.

Prueba tú a ir a un colegio lleno de Jennys, Sherris y Julies con un nombre como «Anika Dragomir».

Vamos. Te reto a que lo intentes.

Pero ahora no estamos hablando de eso. Lo que toca ahora es que nadie se puede creer cómo ha llegado Logan a la puerta del instituto.

Como un campeón total.

Y para rematar la faena, ni siquiera ha mirado a Becky Vilhauer.

—¿Y qué? ¿Ahora es un nerdo sobre ruedas?

Pero lo más raro de todo esto es que incluso Shelli se ha dado cuenta de su actitud, como me cuenta más tarde en nuestra interminable, en nuestra inacabable caminata de vuelta a casa desde el instituto, tan interminable que los servicios sociales deberían hacerse cargo de nosotras. Logan no se da cuenta de qué le dice Becky porque ni siquiera la está mirando. Ni a ella, ni a Shelli. Qué va. Logan McDonough, el friki transformado en héroe gótico-romántico, me está mirando directa e inconfundiblemente a mí.

Tres

Cuando llego a casa, las tontas de mis hermanas ya están encerradas en su habitación oyendo a los Stones y hablando por teléfono con chicos. Mis hermanos están atrás, seguramente prendiéndose fuego o matando algo.

¿Sientes curiosidad por saber cómo va el orden jerárquico en mi casa? Te lo cuento: mi hermana mayor, Lizzie, la líder de la manada, es la que se arregla, se viste y actúa como Joan Jett, y se pasa la vida burlándose de mis rizos porque ella tiene el pelo liso como una tabla. Pues que le den. La segunda es Neener. Se parece un poco a Bambi y, que yo sepa, la única cualidad que tiene es que le gustan las fresas. Después viene Robby. Vive la vida loca, cae bien a todo el mundo, nunca tiene problemas, sus ojazos son tremendos y es una monada, como el bebé que salía en los alimentos infantiles Gerber. A continuación está Henry, que se parece a Peter Brady y que lleva enfadado desde que tenía tres años. Y la última soy yo. Soy la pequeña, y según opinan todos, estoy tarada, pero obviamente se equivocan, aunque no me preocupa que lo piensen. Viven todos en un miedo constante a que pueda suicidarme, y no me importa.

Me apuesto lo que sea a que te has imaginado que soy morena de ojos oscuros y que me paso el día escuchando a *The Cure*, pero te equivocas. Por fuera parezco un bizcocho de vainilla, así que nadie se imagina que por dentro puedo ser sopa de arañas.

Hasta que miran de cerca.

Sí. Tengo el pelo rubio, los ojos azules y la piel clara, cierto, pero verás… aquí todo el mundo tiene la nariz pequeña, mientras que la mía parece que la hubieran cortado con un cuchillo de carnicero. Hay más: tengo una mandíbula muy masculina y cuadrada, unos pómulos con los que te podrías cortar y unas ojeras oscuras y amoratadas que resultarían adorables en un mapache. En fin… ya ves que soy horrorosa. También hay que tener en cuenta el hecho de que Becky me llama constantemente *inmigrante*, lo que no ayuda mucho. Y sin embargo, si no miras con atención, nunca te percatarías de que no estoy hecha de pastel de manzana. Tendrías que analizarme a fondo para ver que provengo de un lugar en el que Vlad el Empalador es el bis-bis-bisabuelo de todo el mundo, y que he sobrevivido comiendo un nabo a la semana, que antes he tenido que compartir con mis hermanos y los tres primos que viven en la buhardilla.

Pero no te creas que lo que te estoy contando es un lastre para mí. De hecho, seguramente es la razón de que, hace dos años, ganase aquella pelea en la pista de patinaje. Verás lo que pasó: a Russ Kluck, un tío del lado oscuro, yo le gustaba, y estaba empeñado en que fuésemos juntos a patinar. Aunque todo el mundo sabe que vive en una caravana, también a todo el mundo le parecía que debía sentirme halagada por la invitación, pero es que yo no sé cómo hablar con los chicos, así que lo que hice fue rociarlo de ketchup.

A él le pareció divertido, y a partir de ese momento le gusté aún más, pero la gracia sirvió para que su chica del lado oscuro se pusiera celosa. A ella le gustaba Russ, y no se podía creer que le hubiera echado encima todo un bote de ketchup. Seguro que pensó que se iba a pelear con un bollito de vainilla con patines, y no que se estaba metiendo con un bocata de arañas.

A ver: te voy a explicar lo de mi querencia por los insectos, pero tienes que prometerme que no vas a sentir lástima por mí, ¿vale? Que no te estoy contando una historia de lloriqueos, sino simplemente constatando unos hechos sencillos y simples. Mi padre, el conde Chocula, nos raptó cuando yo tenía tres años y nos llevó a vivir con él en su castillo de Rumanía. Puede que fuera más un palacete, pero a mí, una mocosa de tres años, me pareció un castillo. Lizzie y Henry, mis hermanos verdaderos, y yo, estábamos solos prácticamente todo el día en aquel castillo, ya que el conde Chocula se pasaba fuera la mitad del tiempo, pero cuando estaba allí era como tener a un espectro tomándose los Cheerios a tu lado. En serio. Era capaz de congelar el aire con tan solo entrar en una habitación. Y no es que nosotros hiciésemos nada malo. ¿Estás de coña? Teníamos demasiado miedo. Estaba claro que como dejásemos caer una sola gota de leche en aquel suelo de piedra, nos meterían entre cristales y nos enviarían a la zona de los fantasmas, de donde nunca saldríamos. Menos mal que, durante un tiempo, hubo una niñera bastante maja, pero se quedó embarazada y se marchó.

Mi madre no tenía modo de recuperarnos, así que me tocó a mí, con diez años, plantarle cara a mi padre y pedirle que nos dejase volver con ella y su nuevo marido. Resumiendo: fui criada desde los tres a los diez años por un vampiro fantasmagórico en un gélido castillo de Rumanía. No sientas lástima por mí, que no va de eso. Esto va de estofado de araña.

Su chica del lado oscuro no sabía dónde se metía yendo a la pista de patinaje, y no le guardo rencor. La leyenda dice que, de un tirón de pelo, la tiré al suelo y la pateé con mis patines. Pero no fue eso lo que ocurrió. Fue más como una especie de coreografía extraña sobre patines, tirando la una de la otra mientras nos movíamos lentamente trazando un círculo deforme. El baile acabó cuando apareció el director. Sinceramente fue un empate, pero imagino que esa chica debía tener reputación de tía dura, porque nadie volvió a meterse conmigo después.

Tampoco mis hermanos, pero eso es porque, además de pensar que soy un coñazo y de no querer llevarme con ellos a ninguna parte, les preocupa que pueda saltar de un puente durante su guardia, en cuyo caso quedarían castigados de por vida.

Robby y Neener, mis hermanastros, son cien por cien americanos. Su madre vive en una caravana junto a un lago, donde tiene incluso un caballo. Ah, y un pato. O eso me han dicho. No saben la suerte que tienen, porque yo daría lo que fuera por tener un padre que viviera en una caravana en lugar de en un castillo, aunque pueda parecer un poco ingenuo por mi parte, pero si hubieras crecido en Nebraska siendo medio vampiro lo entenderías.

A mi hermano Henry le importa bien poco ser un mestizo porque sabe que, cuando acabe su carrera en Harvard y empiece a ganar millones, a nadie le importará, y podrá comprarse los amigos que necesite en la tienda donde los vendan. Y Lizzie… bueno, Lizzie ha decidido llevar lo de ser mestiza un paso más allá y lanzarse a toda velocidad a ser una superfriki. Es morena. Tiene aire masculino. Es perversa. Es Joan Jett. Te matará. La reconocerás por el rastro de muerte que deja a su paso.

En resumen: yo soy la única de mi familia que tiene complejo de inmigrante.

Te habrás imaginado que voy a clase con todos estos pringaos, pero no es así, gracias a Dios. Vivimos en una zona de los suburbios desde la que puedes ir a East High o a Pound High. Mis hermanos eligieron East High, así que yo me decidí por Pound. Lo hice por pura supervivencia. Mis hermanas, en particular Lizzie, me habrían perseguido, acosado y torturado sin límite si hubiera puesto un pie cerca de ella, o con tan solo pensar en hacerlo. Así que no, no iba a hacer de mi paso por el instituto una mezcla de Inquisición Española, los juicios de Las Brujas de Salem y todas las películas en las que aparece un sargento de los marines torturando a sus subordinados en un campo de entrenamiento. No gracias, amigos. Ni de coña. No puedo darle a Lizzie ese placer.

Todo esto me lleva hasta mi madre, que es, en esencia, la única persona decente de la casa. Pero si te has imaginado que, después de la etapa Chocula, se buscó un marido perfecto, te equivocas de lado a lado. El tío con el que está ahora mide uno noventa y dos, pesa ciento treinta y seis kilos y se coloca el primero delate del bufé que mi madre prepara para cenar, con intención de zampárselo todo. Si tenemos suerte, logramos pescar algo bueno, pero tienes que agarrarlo al vuelo cuando se presenta la oportunidad. Nunca se dirige a nosotros de no ser con gruñidos, y nada más cenar se va a su habitación para tumbarse en su cama de agua a ver *La rueda de la fortuna*.

De modo que mi padre verdadero es un vampiro y mi padre adoptivo, un ogro. Si mi madre llega a casarse una tercera vez, lo hará claramente con el hombre lobo o con una momia. Estoy convencida de que se casó con este tío para que sus hijos tuviéramos un hogar y todo eso, pero Dios mío, ojalá hubiera encontrado a alguien que la hiciera feliz.

Tengo organizado un plan de huida para mamá y para mí, que pondremos en marcha en cuanto podamos dejar atrás a todos estos caraculos, pero he llegado solo al paso número dos.

He ido a buscarla a la cocina, pensando que si midiéramos la distancia que separa a Brigitte Bardot y a la señora de Santa Claus, mi madre estaría bastante más cerca de la segunda que de la primera. Es una bolita regordeta y encantadora y desde luego se merece algo mejor que estar metida en este agujero.

—¿Algo emocionante en tu primer día de clase, tesoro?

—Pues no. A Logan McDonough le han comprado una moto.

Está preparando asado mexicano, que suele entrar con mucha frecuencia en las rotaciones, en particular los lunes por la noche, a menos que al día siguiente vaya a ser Martes de Taco.

—Ah. Pues habrá sido un bombazo.

—No mucho. Becky le dijo que era un friki sobre ruedas.

—Muy desagradable por su parte.

—Ya. Y que lo digas. Es una bruja.

—No me gusta que hables así.

—Lo sé. Es que es bastante desagradable.

—¿Y tú le dijiste algo agradable? Le habrías arreglado el día, seguro.

—¿Qué? ¡Claro que no! Becky me habría matado.

Mamá deja de hacer trozos las papas y me mira. Es su manera de poner énfasis.

—Tú sabes perfectamente que el que Becky haga algo no significa que tú tengas que hacer lo mismo.

—Ya. Becky es la chica más popular, mamá.

—¿Y eso por qué?

—Pues no sé… creo que fue modelo o algo así.

—¿Modelo?

—Sí.

—¿Modelo de qué, teniendo en cuenta que vivimos en Lincoln, Nebraska, ciudad puntera del mundo de la moda?

—No sé. Me parece que en el catálogo de J.C. Penney, o algo así.

—¡Vaya! Eso lo explica todo.

—Tú no lo entiendes, mamá, ¿vale?

—Lo único que te digo es que puedes plantarle cara a...

—¿Como haces tú con papá?

Pero no muerde el cebo, y se limita a meter el asado en el horno. No importa, porque mis hermanos entran por la puerta de atrás y comienzan a buscar por los armarios como si fueran los Cuatro Jinetes del Apocalipsis que vinieran a caballo desde Kansas.

—Oídme, chicos: falta una hora para la cena, y no quiero que comáis ahora y os quedéis sin hambre para después.

A solas, de nuevo en mi habitación, puedo dejarme caer en la cama. Una de las ventajas de ser la pequeña que no le cae bien a nadie es tener habitación propia. Tuve que compartirla con Lizzie durante un tiempo, pero me pasé toda una noche insultándola hasta que conseguí que le rogara a mamá que la cambiase de habitación. Sé que suena fatal, pero es que se pasa el rato hablando con chicos por teléfono y no me deja estudiar. Se pone colorada, se ríe y la mitad de las veces se escapa de casa, pero yo no se lo digo a nadie para poder chantajearla. Ahora está en la habitación de Neener y yo tengo la mía para mí sola. Puedo decorarla como quiera y pensar en Logan, en cómo habrá perdido esos diez kilos y en que ahora no está tan mal.

Cuatro

Mi jefe no sabe que lo estoy envenenando.

Espero que no te dé envidia, pero Shelli y yo hemos conseguido trabajo en el *Bunza Hut*. Tenemos que llevar polo color limón, pantalones cortos verde esmeralda y deportivas LA Gear amarillo banana. Siempre. En cada turno.

Para no aparecer todo el rato en las cámaras de seguridad, lo que me parece una invasión total de la intimidad, tenemos que quedarnos un poco atrás, junto a la máquina de helados.

—Bubba dice que te estás haciendo la dura —dice Shelli.

Yo compongo una mueca.

—Es que, con un tío que se llame «Bubba», solo puedo ser dura.

—Han montado una fiesta para el viernes. Deberíamos ir, tía.

—Lo único que van a hacer es intentar meternos la salchicha.

—Hija, qué estrecha eres.

—Y ellos, unos salidos.

—Pues hay chicas a las que les gustan esas cosas.

—¿Chicas que se llaman Shelli?

El señor Baum, que no se hace una idea de lo alto que es, asoma la cabeza desde la parte de atrás.

—¿Os pago para que paséis el rato tomando batidos?

Tendrías que haber visto a este tío antes de que empezase a machacar Valiums de mi madre para echárselos en la taza de Folger's de la que bebe constantemente. Era un cerdo total, sobre todo con Shelli. Es como si la expresión de esos ojos almendrados de corderita indefensa y necesitada despertaran en él el olor de la sangre. Si está fregando, le dice que barra. Si barre, que friegue. Si sonríe a los clientes, que es demasiado afectuosa. Si no lo hace, que no es lo bastante simpática. Lo negro debía haber sido blanco; lo blanco, negro, e hiciera lo que hiciese, la hacía quedar como una idiota. El tío es un sociópata.

Un día incluso la hizo llorar porque le dijo que tenía que plancharse los pantalones y perder cinco kilos. Fue entonces cuando me di cuenta de que había que hacer algo.

Ahora lo drogo. Es lo primero que hago nada más llegar. El truco consiste en distraer su atención. No pensarás que iba a machacar sin más el Valium para echárselo en la taza, ¿no? ¿Estás tonto? Se daría cuenta al instante. Tienes que estar charlando con un cliente mientras deshaces la pastilla. Y luego está lo de la dosis.

Te voy a contar lo que pasó la primera vez. Hace unas cinco semanas, el primer domingo que había pretemporada de fútbol, el señor Baum tenía resaca, y era de las gordas a juzgar por el careto que traía.

Estaba en la parte de atrás, quejándose del dolor de cabeza, y yo estaba delante charlando con una familia de Platte muy agradable.

—¡Se los ve bien a los Huskers!

Crunch, crunch.

—Me parece que este va a ser nuestro año.

Crunch, crunch, crunch.

—¡No tienen nada que hacer los Sooners!

—Y que lo digas. ¡Vamos, *Big Red*!

Servir el café en la taza.

Polvos, polvos, polvos.

Remover, remover, remover.

Y mientras la encantadora familia de Platte ocupa su mesa, el señor Baum recibe su taza de Folger's y todo funciona de maravilla.

Excepto quince minutos después, que oímos un golpe.

Shelli me mira con sus ojos de almendra. No le queda cara. Solo ojos.

Yo la miró, y las dos sabemos que la situación es horrible.

—Ve tú.

—No, tía. Ve tú.

—Yo no puedo. Ya sabes lo mucho que me odia. Me mataría. Si es que ya no está muerto.

Shelli tiene razón.

—Vale. ¿Y si vamos las dos?

—¿Las dos juntas?

—Claro.

Y Shelli se cuelga de mi brazo.

—Shelli, no es el momento de ligar conmigo.

—¡Calla!

—Sé que estoy buenísima, pero tenemos una urgencia que atender.

No puedo evitarlo. ¡Es tan fácil pinchar a Shelli! Además ella es cristiana, lo que significa que si el señor Baum está muerto, se condenará a pasar toda la eternidad en las garras de Belcebú, mientras que a mí solo me encerrarán.

Cuando entramos en el despacho, del señor Baum solo se ven los pies. Lleva zapatos con borlas, lo cual ya es razón más que suficiente para el envenenamiento, pero el que no se mueva resulta preocupante.

—¿Está… está…

—Si lo está, Shelli, creo que deberías contener esas manos. Hay que respetar a los muertos. Además, podría despertarse convertido en zombi.

—¡Por Dios, Anika, cállate!

—Y tampoco deberías tomar el nombre de Dios en vano delante de un zombi.

—¡Jesús!

—Jesús es el hijo del Señor, Shelli. Has asesinado a una persona y ahora has tomado el nombre del hijo del Señor en vano.

—Anika, vale ya, en serio…

—Mira, no puede estar muerto.

—¿Estás segura?

—Eh… sí.

—¡Cómo huele! Parece una planta de vodka.

—¿Una planta hecha de vodka?

—No, un lugar en el que se fabrica vodka. Una fábrica, ya sabes.

—Shelli, céntrate. Necesito que veas si está muerto.

—Yo no pienso ver nada. Mira tú.

—No puedo. Si me acerco puede morderme. Ya sabes que soy rumana, y si me muerde un no muerto, me transformaré en vampiro, y tú no podrás escapar.

—¡Que yo no voy a…

—¡Tienes que hacerlo, Shelli! Mi sangre es centenaria, y tú no podrás nada contra mí. Seguramente te evaporarás.

—¡No puedo, Anika!

Está a punto de echarse a llorar.

Los zapatos con borla del señor Baum siguen sin moverse.

—La única solución entonces es que miremos las dos al mismo tiempo.

—Vale.

—¿Vale?

Shelli vuelve a agarrarse de mi brazo y las dos nos acercamos, como dos gatitos que inspeccionaran a un rinoceronte caído.

Estamos ya cerca del peinado de cortinilla con el que se cubre la calva cuando lanza un ronquido tan fuerte que salimos despedidas al otro extremo de la habitación.

¡Jesús, qué forma de roncar!

—¿Qué hacemos? ¿Qué hacemos, Anika?

—Pues… no sé. Hay dos modos de considerar la situación. Nos vamos cada una por un lado, cargando con la culpa de ser una persona horrible, o… oooo… aceptamos que el señor Baum va a estar kaput para todo el día, nos preparamos unos helados y le gastamos una broma por teléfono al nuevo profesor de debate, que está como un queso.

—¿En serio? ¿No deberíamos llamar a alguien?

—Sí. Deberíamos llamar al nuevo profe de debate y preguntarle si conoce la canción de *Police* que dice *young teacher, the subject of schoolgirl fantasy…*

—Estás loca, tía.

—Loca por el profe de debate.

Y eso, damas y caballeros, es lo que ocurre cuando no prestas atención a la dosis de Valium. Desde entonces, he perfeccionado mi técnica y no hemos tenido ningún otro incidente, y como ves, no hay mal que por bien no venga. En este caso, el bien es que, desde que empezamos a echarle el Valium, el comportamiento del señor Baum ha mejorado notablemente.

Hoy, por ejemplo, nos ha dejado tranquilas. Debe estar sentado a la mesa de su despacho, moviendo los dedos delante de la cara, maravillándose con sus sombras psicodélicas. Pero eso no importa ahora. Lo que sí importa es que, en mis ratos libres, he urdido un plan que va a mejorar las perspectivas para Halloween, para la Fiesta de Bienvenida y para las vacaciones en general.

—Creo que he encontrado la manera de robar aquí.

Shelli deja de limpiar el mostrador y abre los ojos de par en par. Parece un ciervo asustado por los faros de un coche.

—¿En serio?

—Sí. Verás. La cámara enfoca a la caja, ¿no?

—Eh… sí.

—Lo que tenemos que hacer es cobrarle el precio correcto a los clientes, pero marcar menos en la caja, ¿me sigues?

—Creo que sí.

—Y en la caja metemos todo el dinero para que en la cámara no se note nada.

—¿Ah, sí?

—Solo hay que llevar la cuenta de la diferencia.

—No lo entiendo.

—A ver: digamos que un *Bunza* son cuatro dólares.

—Sí.

—Al cliente le cobramos los cuatro dólares, pero marcamos tres en la caja.

—Bien.

—Y en ese mismo momento, apuntas la diferencia.

—Vale.

—Entonces escribirías *un dólar*, ¿entiendes?

—Creo que sí.

—Y seguiríamos apuntando todo el día las diferencias.

—¿Y luego qué?

—Bien. Hay cámaras por todas partes, ¿no?

—Sí.

—Cuando saquemos el efectivo de la caja, al ir a cerrar, tendremos que hacerlo donde no haya cámaras, ¿vale?

—Sí.

—¿Y dónde no hay cámaras?

—No lo sé.

—Piensa.

—¡Que no lo sé! ¡Me estás agobiando!

—Shelli, solo pretendo mejorar nuestro nivel de vida.

—¡Pues dímelo sin más, tía! Te estás pasando.

—Vale. La respuesta es que no hay cámaras en… la escalera.

—¿Qué escalera?

—La que va a la bodega.

—Ah…

—Piénsalo. ¡Es perfecto! Lo único que hay que hacer es sacar el dinero. Sabremos cuánto es porque lo habremos ido apuntando. Te lo guardas en el bolsillo y dejas el resto en la caja fuerte. Perfecto, ¿no?

—No pienso hacerlo.

—Bueno, pues no lo hagas. Pero cúbreme, ¿vale?

—¿Qué quieres decir?

—Pues ya sabes… que distraigas al señor Baum, o algo así.

—¿Y cómo lo distraigo?

—No sé. ¿Enseñándole el culo?

—¡No seas guarra!

—El guarro es él.

—¡Es un cerdo!

—Exacto, Shelli —repuse, poniendo mi mano en su hombro—. Por eso le vamos a robar: porque es un cerdo.

¿Te puedes creer que, en plena explicación de mi obra maestra, la puerta se abre y entra Logan McDonough? Shelli lo señala con un gesto de la cabeza y ahí está, junto a la caja, apoyado en el mostrador.

—Eh… quiero una coca cola. Y papas fritas.

—¿No quieres un *Bunza* o algo?

Tenemos que decirlo. No es porque a mí me importe.

—No.

—Vale. Son… eh… dos dólares y diecisiete céntimos.

No dice ni mu. Saca el dinero y lo deja en el mostrador.

—Ah. Justo. Gracias.

Ni siquiera me mira. Está raro.

—¿Puedo hablar con el responsable?

—¿Qué?

—Me gustaría hablar con el jefe, por favor.

Ay, Dios, ¿crees que me habrá oído? ¿Habrá oído mi diabólico plan para quedarme con pasta del Bunza e irá a delatarme?

—Eh… sí, claro.

Shelli ha dejado de ser una persona. Eso solo dos ojos gigantes que miran desde la máquina de refrescos.

—¿Señor Baum? Eh… alguien pregunta por usted.

El señor Baum sale, quitándose la gorra de Bunza y se planta delante de él, sudando como un pollo. Menos mal que hoy no es el día en que estuvimos a punto de cargárnoslo con el veneno. Hoy por lo menos camina, y se sostiene de pie.

Logan empieza a hablar, y de pronto se parece a uno de los personajes de *Barrio Sésamo*.

—Hola, señor. Solo quería decirle que… que tiene usted aquí una magnífica trabajadora, con un gran potencial.

¿Qué… está… diciendo?

El señor Baum asiente, totalmente confuso.

—Nunca me habían servido unas papas fritas con tanto cariño y amabilidad. Debe estar usted orgulloso de tener a esta joven en la familia Bunza. Le doy un diez en atención al cliente y en su disposición general.

Logan recoge sus papas y su refresco y sale tan campante, dejando el mostrador del Bunza, al sudeste de Lincoln, en completo silencio.

El señor Baum se vuelve a mirarnos.

—¿Es amigo vuestro?

Shelli y yo negamos al mismo tiempo con la cabeza, y decimos:

—No, no, no…

Aunque no sé muy bien por qué.

—Ah. Bueno pues, buen trabajo entonces. Bien hecho.

Y vuelve a la parte de atrás a preparar la carne.

Shelli y yo nos quedamos mirándonos sin movernos durante unos segundos, en silencio, y de pronto nos echamos a reír.

—¿Pero qué…?

—¿Qué ha hecho, tía?

—¿Te lo puedes creer?

—¡Y que lo digas!

Ahora no podemos controlarnos. No deberíamos seguir llevando el uniforme, porque ya no podemos representar al restaurante de un modo responsable.

—¡Le gustas a aaalguieeen! —canturrea Shelli.

—¡Cállate!

—Y tú lo sabes.

—De eso, nada.

—Y creo a ti también te gusta él.

—No. Te juro que no.

—¿De verdad? ¿Quieres decir que no le das un diez?

No me queda más remedio que lanzarle mi trapo. Dios, es un alivio cuando Becky no está, cuando se va a hacer lo que sea que haga, y Shelli y yo somos libres. Lo más probable es que se dedique a mirarse al espejo. Pero eso no importa ahora. Lo único que importa es que lo que Logan McDonough acaba de hacer es genial. Y raro. Y a lo mejor, es posible, podría ser que esté mucho más interesado de lo que yo, o cualquiera, se había imaginado.

Cinco

Si transformáramos a un Labrador en persona, obtendríamos a Brad Kline. Es un tipo feliz, efusivo y tan interesante y complejo como un poste de la luz. Pero es el chico más popular del instituto, y el novio de Becky. Claro. En mi opinión, su rasgo más interesante es su incapacidad para ver la verdadera naturaleza de Becky y de su hermano, Jared Kline. Sí, ESE Jared Kline.

Verás, es que a mí me gustan los tíos que tienen pinta de estar a punto de robar un banco, y Jared Kline parece que hubiera estado en la banda de *Bonnie and Clide* durante seis meses. Desaliñado, duro, malo. Si Brad es un perrito faldero, Jared es un lobo, un lobo grande y malo sobre el que tu madre te pondría sobre aviso, un aviso que tú no estás dispuesta a escuchar. Acaba de terminar el instituto. Nunca ha sido capitán del equipo de fútbol, ni de baloncesto; es más, ni siquiera entrena. Por lo que yo sé, era, y puede que siga siendo, el capitán del equipo de fumar hierba y escuchar a Pink Floyd después del instituto.

La cuestión es que esta mañana su nombre corre de boca en boca, porque según dicen, ha dejado preñada a Stacy Nolan. Lo sé. Empezó en el primer recreo, apenas un susurro, y ahora, justo antes de la hora de comer, es un *crescendo* hasta el punto de que parece que el director fuera a anunciarlo de un momento a otro por los altavoces.

Becky está como loca. Se ha levantado de su sitio casi antes de que sonara el timbre y ha salido al pasillo para montar guardia junto a la taquilla de Stacy. Es un rollo que Shelli y yo tengamos que estar aquí esperando mientras Becky hace la tontería que sea que se le ha ocurrido, pero seguimos una regla no escrita: obedecer o morir.

Stacy la ve e intenta zafarse, pero no lo logra. Becky se acerca tan campante y la mira por encima del borde de sus libros.

—¿No vas a invitarnos?

Shelly y yo nos quedamos un paso atrás, dispuestas a encogernos sobre nosotras mismas.

Stacy se mueve, cambiando el peso de un pie al otro. Se ha quedado tan pálida que las pecas que salpican su nariz resaltan más de lo normal. Casi ni se atreve a mirarla desde debajo de sus rizos castaños, porque sabe que el golpe se está preparando. Dios, esto es horrible.

—¿A qué?

Es el momento. Becky se inclina hacia ella.

—A tu *baby shower*.

Me doy cuenta de que se ha congregado gente a nuestro alrededor, y todo el mundo ríe la gracia de Becky. Qué graciosa es, ¿verdad, chicos? La pobre Stacy, traumatizada, deja escapar un gritito, el que daría una rata a la que le hubieran dado una patada, y escapa por el pasillo. Becky nos mira buscando aprobación, pero lo único que yo soy capaz de sentir es un tremendo vacío en el estómago por la pobre Stacy Nolan, embarazada y repudiada.

La gente empieza a dispersarse y Becky se queda allí, de pie, como si nos estuviera retando.

—¿Se puede saber qué os pasa?

A Shelli y a mí solo nos queda murmurar en voz baja. Creo que hasta estamos inventando palabras nuevas para murmurar. Algunas de las animadoras siguen hablando del numerito de Becky, pero nosotras clavamos la mirada cada una en su archivador y volvemos a clase arrastrando los pies. Cuando por fin suena el último timbre, nos escabullimos para encarar nuestro largo y cruel camino hasta casa.

Durante las tres primeras manzanas no decimos nada, pero está claro que de lo que no hablamos es de Becky.

Todo el mundo la adora, pero es maldad pura, sin adulterar. Lo raro es que no hay nada a lo que se pueda achacar su forma de ser. Su padre no es un asesino, ni su madre una adicta al crac, ni se ha criado en un orfanato. Eso explicaría sus poderes demoníacos. Pero es que ella nació, hizo unos cuantos anuncios para el catálogo de Penney y... ¡tatatachán! ¡Belcebú! La única explicación sería que, estando en la cuna, algún espíritu insatisfecho se metió en su cuerpo y decidió crear el caos entre los vivos en venganza por alguna injusticia no reparada. Es la explicación más sencilla.

Sea como fuere, nosotras dos nos estamos convirtiendo poco a poco en sus súcubos, y yo no he pedido ese puesto de trabajo.

Estamos casi a seis manzanas del instituto y el aire está tan denso que parece gelatina, hasta que por fin estalla.

Soy yo la primera en hablar.

—Ha sido horrible.

—Lo sé.

—Lo digo en serio.

—LO SÉ.

Un segundo de silencio.

—¿Crees que es verdad?

—¿El qué? ¿Que está embarazada?

—Sí

—Supongo que sí.

Un segundo de silencio.

—Tenemos que hacer algo.

—¿El qué?

—No sé. Defenderla, o algo así.

—¡Sí, hombre! No podemos.

—¿Y por qué no podemos?

—¿Que por qué? ¿En serio? Pues porque nos va bien aquí, teniendo en cuenta que tú eres... extranjera, digamos, y yo me he liado con un montón de tíos, y nadie nos ha torturado.

Un segundo de silencio.

—¿Y si buscáramos un grupo nuevo de amigos, o algo así?

—¿Estás loca? ¡Becky nos crucificaría! Además, ¿quién iba a querer ser amiga nuestra? Nadie.

—Tiene que haber algo que podamos hacer.

—Si con eso enfadamos a Becky, ya te puedes ir olvidando. Se volvería contra nosotras como una loba. Sabes que es cierto. En menos de dos segundos yo sería una puta, y tú… tú serías… bueno, ya sabes.

—¿Qué?

—Pues ya sabes.

—¿Un vampiro?

—Sí. Y algo más. Una frikivampiro.

—Ya. Una frikivampiro.

Seguimos caminando. Se está haciendo de noche. El sol está a punto de ponerse, y las dos tenemos escalofríos. Las árboles se han vuelto negros y sarmentosos, como si fueran a estirar las ramas y estrangularnos en cualquier momento.

Solo tengo un pensamiento.

Mierda. No quiero que me llamen frikivampiro.

seis

La verdad es que nuestra casa parece un Pizza Hut. Antes teníamos otra chulísima, no muy lejos del centro, con granero y de todo, pero nos echaron para construir un Walmart. Ahora vivimos en un barrio de las afueras, en una casa a la que podrías acercarte en coche para comprar unos *panini*.

Esta noche mi madre está haciendo estofado, y yo tengo que ayudarla cortando las zanahorias, el puerro y lo demás. Si me ocupo de eso, no envenenaré a nadie. No soy Betty Crocker[1], precisamente. Mi pobre madre lo ha intentado conmigo, pero sabe que me resulta imposible cocinar sin pringarlo todo o quemarlo. Además, ¿quién quiere invertir tanto esfuerzo, horas y concentración en algo que ese ogro se va a zampar en dos segundos, para luego agradecerlo con un eructo? Es asqueroso.

No puedo evitar pensar en Stacy Nolan. ¿Qué estará haciendo ahora? ¿Estará metida en la cama, llorando? ¿Se habrá ido del instituto ya? ¿De verdad estará embarazada de Jared Kline? Me siento fatal. Deberíamos haber hecho algo. Tendríamos que haber intentado defenderla.

—Cariño, ¿te pasa algo?

Pela. Corta. Trocea.

---

1.   Betty Crocker es un personaje ficticio empleado en campañas publicitarias de productos alimenticios y recetas de la empresa Washburn—Crosby. N. de la T.

—No, nada.

—¿Estás segura?

Mi madre es una ricura… la mayoría de chicas odian a su madre en este momento de sus vidas; Becky, por ejemplo. Pero mi madre sabe perfectamente hasta dónde debe llegar. Nunca me sepulta bajo una montaña de besos y nunca me lleva de compras. Y, ahora que lo pienso, nunca me da consejos de belleza, como hace la madre de Shelli. Su madre se entusiasma con eso. Puede pasarse tanto tiempo hablando de *Color Me Beautiful*, el maquillaje que ella lleva, que te dan ganas de colgarte. Pero mi madre, no. Nos empuja a todos al colegio después del desayuno (huevos, tortitas, a veces tostadas), vuelve del trabajo a casa a las cinco y empieza con lo que toque de cena. Pero está pendiente, ¿sabes? Es como si de verdad le importara.

—Bueno… sí que hay algo.

Pela. Corta. Trocea.

—Vaya. ¿Quieres hablar de ello?

—Stacy Nolan está embarazada.

—Vaya.

—Todo el mundo habla de ello.

—Vaya.

—Y Becky ha hecho algo horrible.

—Vaya. ¿Qué ha hecho?

—Pues… se ha plantado delante de todo el mundo y le ha preguntado si podíamos ir a su *baby shower*.

—Se ha pasado un poco.

—Lo sé.

Pela. Corta. Trocea.

—Tendrías que haberle visto la cara. Como si le hubiéramos dado un puñetazo.

—¿Hubiéramos?

—Bueno… Shelli y yo estábamos justo detrás de ella.

—¿Detrás de Becky?

—Sí.

—¿Y no habéis dicho nada?

—No.

—Ya. ¿Y cómo te sientes?

—Fatal. Me siento horrible, mamá.

Pela. Corta. Trocea.

—A lo mejor hay algo que puedes hacer para sentirte mejor. Podrías llamar a esa chica. ¿Cómo has dicho que se llama? ¿Stacy?

—Imposible. A Becky le daría un ataque.

Suspiro. Mi madre está harta de oírme hablar de Becky. Shelli le cae bien. No le importa que venga a casa, pero sabe que Becky es el lado oscuro de la fuerza.

—Bueno, no voy a decirte lo que tienes que hacer, pero… creo que deberías decirle algo a esa chica. Lo estará pasando fatal, y a lo mejor podrías…

—¡Eso es!

—¿Qué?

—¡Eso! Que tú tienes que obligarme a disculparme con ella. Si eres tú la que me obliga, amenazándome con castigarme, Becky no podrá decir nada, porque será culpa tuya.

—¿Culpa mía?

—Sí. Tengo la excusa perfecta.

—Vaya.

—Entonces, dilo: dime que tengo que disculparme.

—Hijita querida: tienes que disculparte.

—O me castigas.

—O te castigo.

Está metiendo el asado en el horno, cubriéndose las manos con esos guantes de la abuela tan graciosos, llenos de quemaduras por todas partes. Tienen un estampado de ratones en una granja. ¿De quién habría sido la idea?

—¡Gracias, mamá! Estaré en casa para la cena, te lo prometo.

El asado entra y yo salgo. El cielo está casi oscuro ya, y la luz del sol transforma los árboles en polvo de oro. Me separan unas cinco manzanas de casa de Stacy. Mi plan consiste en plantarme ante su puerta y llamar. Ojalá me pudiera ver Shelli. Se quedaría seca en el acto.

siete

La casa de Stacy Nolan es de ladrillo visto pintado de blanco, con contraventanas negras y puerta roja; más bonita que nuestra pizzería, desde luego. Su padre es oftalmólogo, o algo así. En otro momento, sentiría envidia, pero ahora no. Debería organizar algo mejor que lo que estoy haciendo, pero hete aquí que me planto en la escalera de su casa y, antes de que pueda detenerme, levanto el brazo, pongo la mano en el brillante llamador cromado y...

Toc, toc, toc.

La puerta se abre antes de lo que yo esperaba. Igual me han visto subir la escalera. Es su madre. Cuando la veo me doy cuenta de que sabe que algo pasa con su hija. Puede que aún no sepa de qué se trata exactamente, pero sí sabe que hay algo. Duda. Adopta un aire protector. Mamá osa.

—¿Sí?

—Hola. Eh... voy al instituto con Stacy, y quería hablar con ella.

—Ah. ¿Quieres hablar con ella?

—Sí. Quería... disculparme.

—Ah.

Desaparece. Al momento Stacy se asoma desde una puerta al fondo del recibidor. Desde luego no parece contenta de verme. Es como si hubiera venido a buscarle la policía.

—Stacy, cariño, esa chica ha venido a verte… —baja la voz—. Quiere disculparse.

Stacy me mira, atónita, y avanza hacia la puerta con cautela, como si pensara: *¿Es una trampa?*

Ahora la tengo delante.

—Eh… hola.

Dios. Esto es horrible.

—Hola.

—Yo… verás, es que me siento fatal por lo que Becky te ha dicho hoy. Bueno, las dos nos sentimos mal: Shelli y yo. Fatal. Sobre todo por lo que… —bajo la voz—, bueno, ya sabes.

—¡No es verdad!

—¿Qué?

—¡Que ni siquiera es cierto! Esa es la cuestión.

—¿Ah, no?

—Por supuesto que no.

—¿Estás segura?

—¡Pues claro! Ni siquiera conozco a Jared Kline. A ver, sé quién es, que está bueno y todo eso, pero no lo conozco. Y seguro que él ni siquiera sabe quién soy yo… por desgracia.

—La verdad es que está como un queso.

—Sí.

Las dos sonreímos, y seguro que es la primera vez que ella lo hace en todo el día. Pobrecilla. Es una mierda porque basta con que alguien diga algo una vez para que todo el mundo dé por sentado que es cierto. Y que el otro sea culpable hasta que se demuestre lo contrario.

—Entonces, ¿crees que alguien se lo ha inventado sin más?

—Pues sí.

—¿Y tienes idea de quién ha podido ser? ¿Hay alguien enfadado contigo, o algo?

—No sé. O sea, no, que yo sepa.

—Ya.

La miro más detenidamente y me doy cuenta de que ha llorado mucho.

—¿Sabes una cosa? Puedo arreglarlo. Empezaré en el primer recreo.

—¿En serio?

—Sí, sé lo que hay que hacer. Ya verás.

Su expresión cambia y florece. Sonríe y me mira como si fuera la Madre Teresa o algo así.

—Bueno, pues hasta mañana —me despido. Y asintiendo firmemente con la cabeza, doy la vuelta y bajo las escaleras.

—*Maldita sea...* —pienso—. *Más me vale que se me ocurra algo.*

Ocho

Hay un modo de organizar esto y es el siguiente: lo primero que hay que hacer es confirmar que Becky no va a estar por la mañana porque tiene cita en el dentista, o algo así. Luego, hay que ir a las escaleras de entrada del instituto. El verano comienza a dar paso al otoño, y hace una mañana limpia y fresca. Una vez allí, hay que esperar contemplando el follaje del otoño, hasta que Jenny Schnittgrund llega sofocada.

—¿Te has enterado?

—¿De qué?

Jenny se ha esforzado mucho durante los últimos dos años para ascender un par de puestos en la jerarquía social, pero lo que no sabe es que eso no va a pasar, porque Becky ha olfateado la desesperación en su sangre y precisamente por eso está condenada. A pesar de su ropa nueva, sus salidas al centro comercial, y su bono para broncearse en Tans-R-Us, Jenny Schnittgrund nunca será otra cosa que una subalterna, como mucho.

—¡Stacy Nolan está embarazada!

Tú dejas pasar un minuto. Haces como que piensas. Qué bárbaro. Jenny está del color de un Umpa Lumpa.

—¡Y el padre es Jared Kline!

Allá va, amigos. Esperemos que funcione.

—¿No te has enterado? Es esa otra Stacy, la de Palmyra —y ese es el momento en que me inclino hacia ella como quien comparte una confidencia—. Y tampoco el padre es Jared Kline. Lo sé porque conozco al chico. Es un auténtico feto.

Jenny Schnittgrund retrocede. Es como si le hubiera dicho que va a aterrizar una nave extraterrestre después de la sexta clase. Los pies le van cinco minutos más retrasados que el cerebro, que ya se ha acelerado para contarle a todo el mundo la noticia. ¡Una exclusiva!

Me mira y asiente, agradecida por la confidencia. Me da la sensación de que incluso se cree ya popular.

Entramos y el rumor nos acompaña. Jenny y yo nos separamos y me dirijo directa a mi taquilla, pero el rumor se extiende en todas direcciones, de labios de Jenny al oído de esa chica, al grupo de tíos que están junto al aparcamiento de bicicletas, entra por la puerta y alcanza a esas chicas que están delante de las taquillas, se desliza por delante del despacho del director, deja atrás la sala de descanso de los profesores, avanza junto al grupo de *rockers* y se cuela en los oídos de una de las animadoras quien, con los libros en la mano, se dirige a mí como un misil y casi me arrolla.

—¿Te has enterado?

—¿De qué?

—Que no es Stacy Nolan la que está embarazada. Es la otra Stacy, la de Palmyra —se acerca más a mí, dominando el tema—. Lo sé porque conozco al chico, y es un auténtico feto.

—¿Ah, sí?

—Ya te digo. Total. Un feto.

¡Vaya! Mis propias palabras. Textualmente.

Eso es lo que yo llamo un éxito.

Asiento y me voy a mi clase.

Tendrías que ver a Stacy Nolan. Está sentada sola. Es raro, porque aunque está completamente quieta, se diría que tiembla. Dios, está aterrorizada.

Y ahora, a por el toque final.

Llegados a este punto, me gustaría mencionar que esta es la pirueta más arriesgada de todo el número. Si la clavo, los jueces rusos me darán puntos extra, y si no, podría ser un completo desastre y acabaría aislada como Stacy hasta el resto de mis días, por ejemplo.

En lugar de ocupar mi pupitre en la primera fila, porque soy estudiante de A gracias a mi padre vampiro, me siento a su lado. Ella me mira como si hubiera aterrizado de un viaje a Marte.

Saco de la mochila mi ejemplar de *Seventeen* y lo abro delante de las dos. Ella me mira como si yo fuera James Bond o algo así.

—La de este mes de octubre es un petardo. Otra vez con lo de vuelta al colegio y las fiestas de Halloween.

Stacy me sigue el rollo. Sí, ahora se supone que debe mirar. Sí, ahora se supone que tiene que parecer estar muy interesada. Fingimos estar leyendo juntas la revista.

—Puaj. Este tío es asqueroso.

Seguimos leyendo.

—¿Te imaginas tener que darle un beso?

Seguimos.

—¿Y este, qué me dices? ¡Qué imbécil!

Seguimos.

—¡Ay, este me encanta! ¿Es un Guess?

Seguimos.

—Molan estos zapatos. Y los calentadores, también.

Stacy asiente a mi lado, pero eso no es lo que verdaderamente está pasando. La sala se está llenando de gente, van entrando uno a uno, y nos ven. Me ven a mí, la tercera chica más popular del instituto, al lado de Stacy Nolan, la que hace unas horas estaba embarazada.

¿Y hoy? Bueno, pues hoy está hojeando una revista con la número tres, y empiezan a revolotear.

Primero llegan las animadoras. Luego, las de la laca en el pelo. Después, los *heshers*. Luego, los *brainiacs* y como colofón… ¡Charlie Russell!. Si Charlie Russell muerde, habremos anotado el tanto de nuestra vida.

Charlie es el alcalde de por aquí. Todo el mundo lo conoce, todo el mundo es su amigo. Es un tipo majo, pero si preguntases por qué es tan conocido en el campus, dudo que alguien pudiera contestarte. A lo mejor es porque juega al tenis, lleva camisetas de rugby y vive en una mansión gigante en Sheridan Boulevard.

Charlie se sienta justo a mi lado. ¡Alabado sea el Señor!

—Buenos días, chicas. ¿A qué debo este placer?

—Aquí, con esta chorrada de revista. Mira.

Si le hubieras dicho a Stacy Nolan que antes del primer recreo, antes incluso de que sonara por primera vez el timbre, iba a estar rodeada por las animadoras, las chicas de la laca, los *heshers*, los *brainiacs*, Charlie Russell y demás, curioseando un número de *Seventeen* coreando oohs y aahs, te enviaría directa al manicomio. Pero ahí está, Stacy Nolan, un momento antes Stacy Embarazada Nolan, el centro de atención otra vez, pero de otro modo. Redimida. Quizás incluso más popular. Lejos del escándalo.

Suena el timbre y todo el mundo ocupa su asiento. Yo vuelvo a mi sitio en primera fila, y antes de que la señora Kanter comience su discurso sobre la historia de la desmotadora de algodón y la productividad del sur en general, Stacy Nolan me mira desde el otro lado de la habitación. ¿Alucinada, quizás? Ni que yo fuera su hada madrina.

Sonrío y le guiño un ojo.

—Gracias —pronuncia ella sin voz.

Aunque estoy hecha de estofado de araña, hay una parte en mí a la que no le importa sentirse así. A lo mejor, quizás sea posible que haya hecho algo bueno.

Y disfrutaría de lo lindo este momento. Sí, lo haría, si no supiera que voy a pagarlo caro, muy caro, cuando Becky termine en el ortodoncista y se entere de lo que ha pasado.

Nueve

Tal y como me había imaginado, Shelli y yo estamos saliendo del instituto para afrontar nuestra caminata de miles de kilómetros hasta casa, cuando aparece Becky.

—¿Qué narices haces?

Dios. Va a ser duro. Shelli clava la mirada en el pavimento. Sabe bien lo que me espera.

—¿Qué hago?

—Sabes perfectamente a qué me refiero, inmigrante.

La gente nos está mirando, y esto podría destrozarme. No sé. A lo mejor no debería haberme entrometido. Maldita conciencia… muchas gracias.

—No, no lo sé.

—¿Ah, no? En dos palabras: Stacy. Nolan. ¿Te suena?

—Ah, sí. Es que ya sabes cómo se pone mi madre.

Becky me mira.

—Espera. ¿Qué? ¿Qué tiene que ver aquí tu madre?

—Pues que anoche se empeñó en que tenía que ir a casa de Stacy y disculparme. ¡Patético!

Y miro hacia el cielo.

—¿En serio?

—Sí. No te imaginas, tía. Fue un horror.

—¿Cómo era su casa?

—Pues, no sé. Había… su padre tenía patos de esos de mentira por todas partes.

—¿Patos?

—Sí, patos o ánades de esos. Creo que se llaman así.

—¿Olían?

—Mogollón. Olía todo a sopa. Hasta el césped.

—Patético. No sé cómo le hablas.

—Ya, pero es que no me ha quedado más remedio. Mi madre estaba decidida a castigarme.

—¿En serio?

—Si. Un mes.

—¡Venga ya!

—¡Que sí, tía!

Todas suspiramos. Es un suspiro colectivo contra la injusticia de las madres.

—Ha sido todo tan raro.

—Ya me imagino.

Gracias a Dios que Brad Kline llega como un torbellino y rodea a Becky con un brazo. Ella se mostraría encantada de haber pescado al tío más popular del instituto, de no ser porque le molesta que le esté arrugando el vestido.

—Tías, fiesta en mi casa el viernes por la noche. No faltéis —y con un gesto de la cabeza me señala a mí—. Sobre todo tú. Le gustas a Chip, ¿sabes?

Chip Rider ocupa el segundo puesto entre los tíos. Es rubio, tiene los ojos azules. Es como si Ken, el novio de Barbie, hubiera tenido un hijo con una Muñeca Pimpollo.

—Bueno, ¿vais a venir?

—Supongo que sí.

Desde luego, el pobre Brad tiene el coeficiente intelectual de una tostadora.

Tiene un coro de unos veinte amigos llamándolo así que, gracias a Dios, Becky y él caminan hacia el abismo de los musculitos. Becky dice algo que hace reír a carcajadas a los musculitos y a todas sus aduladoras y posibles novias, y Shelli y yo nos escabullimos para empezar nuestro largo paseo diario por la acera. Estamos ya a una manzana de distancia cuando por fin podemos suspirar.

—Tía, ha estado cerca.

Diez

No entiendo por qué nuestras familias nos obligan a volver andando a casa todos los días. En primer lugar, empieza a hacer frío. Septiembre ya está preparado para meter el sol y la diversión en la coctelera, agitarlo, y devolvérnoslo en forma de Fiesta de la Cosecha de Otoño, la noche de las ánimas, reunión de antiguos alumnos, Acción de Gracias y, como colofón, la explosión de Navidad. Pero lo que todo eso significa por ahora es frío, y más frío que vendrá.

Hoy tenemos cuatro grados, el sol se está poniendo y ni Shelli ni yo nos hemos acordado del abrigo. Con lo de que no nos hemos acordado queremos decir que hemos adoptado un gesto de hastío cuando nuestras madres nos han preguntado que dónde estaba. La madre de Shelli es una verdadera friki. Es profundamente cristiana, y se pasa el día diciendo lo que Jesús haría, hablando sobre el verdadero sentido de la Navidad y explicando a todo aquel que lo quiera saber lo mucho que odia a los gays. Si supiera que ante sus propias narices está criándose María Magdalena, los ojos se le quedarían en blanco y comenzaría a hablar en lenguas extrañas. Otro detalle: a mí me llama mexicana. Sí, señoras y señores: según la madre de Shelli, yo soy su amiga mexicana. No importa que su hija le haya dicho un millón de veces que soy medio rumana, y que nunca veo a mi padre. Da igual. Yo sigo siendo una señorita nacida al sur de la frontera. Supongo que un inmigrante es igual a otro para ella, pero la verdad es que no me hizo mucha gracia porque

Shelli casi tuvo que rogarle que le dejase seguir siendo amiga mía cuando su madre se enteró. No es broma. Tuvo que pasarse días pidiéndole que le dejase ser amiga de una sangre sucia como yo, porque su madre le decía, y cito textualmente: «No quiero que una hija mía ande por ahí con una frijolera». ¿Te lo puedes creer?

Pero Shelli ha sido una amiga leal: se puso en huelga de hambre hasta que su madre tuvo que claudicar. Aun así, no me gusta estar en su casa cuando ella vuelve del trabajo. Antes de esto, Shelli y yo teníamos una especie de ritual: cuando llegábamos a su casa, que está a medio camino entre el instituto y la mía, nos tirábamos un rato en el sofá, comíamos unas galletas con cacao caliente, veíamos un poco de MTV, leíamos revistas y cotilleábamos sobre los chicos que le gustaban. Podríamos haber dejado solo lo de las galletas, pero piensa que empieza a hacer frío fuera, con lo cual es imposible.

Pero, de todos modos, el día de hoy no estaba para galletas. En cuanto Becky se marchó con Brad Kline y su corte de musculitos, Shelli y yo nos creímos libres, pero apenas habíamos caminado cinco manzanas cuando ¿a que no te imaginas quién se presentó en su Vespa? Logan. McDonough.

Shelli me mira como si se tratara de uno de los Ángeles del Infierno.

—¿Qué hacemos, tía? ¿Qué hacemos?

—Haz como si nada.

Se detiene en la curva delante de nosotros, así que no podemos hacer como si no lo hubiéramos visto. Se quita el casco y contempla la visera.

—¿Te llevo?

Shelli y yo nos miramos. ¿A cuál de las dos?

—Te digo a ti, Anika —y a continuación lo vuelve a repetir, casi como si hablara consigo mismo—. Anika.

Shelli me mira y murmura:

—¡Me va a dar un ataque, tía!

—Me voy —contesto yo también en voz baja.

—¡Ni se te ocurra! —responde. Parece asustada de verdad.

—¿Por qué?

—Ya sabes por qué.

—¿Crees que voy a arder en el infierno?

—No. Creo que Becky te va a torturar a placer por ello, y lo sabes.

—Pues no se lo digas.

—Se enterará de todos modos.

—No, no se enterará.

—Sabes que sí.

—Solo me va a llevar a casa. Será… será nuestro secreto.

Y me separo de ella para subirme a la moto de Logan McDonough. ¿Te lo puedes creer? Se diría que él tampoco. Me mira como si hubiera estado convencido de que no le iba a funcionar ni en un millón de años, pero también me da la sensación de que ha sacado pecho.

Miro a Shelli.

Está en una especie de estado catatónico. Me despido con la mano. Aunque quiere estar enfadada, sé que no puede porque hay una parte de ella a la que le encantan esta clase de cosas. ¡Drama! Logan me entrega su casco y acelera para separarse de la acera.

Si te contase cuántas veces me ha dicho mi madre que no me suba en ninguna moto, lo cual supongo que se extiende también a las Vespas, dirías que soy la peor de las hijas por no haber tenido ni un segundo de dudas. Pero voy a decirte que: 1) hace frío, 2) me quedan casi cuatro kilómetros para llegar a casa y 3), Logan parece haberse transformado, de la noche a la mañana, en ese tío de una peli antigua en blanco y negro, ese que tenía una boca tan peculiar y que se lamentaba en un muelle, gritando: *¡Podría haber tenido clase! ¡Podría haber sido un triunfador!* O en esa otra escena, en la que solo grita, una y otra vez: *¡Estela! ¡Estela!*[2]

---

2. Marlon Brando en La ley del Silencio. N. de la T.

Once

¿Alguna vez has volado por el aire con toda facilidad? ¿Alguna vez has sentido cómo los árboles, el viento, las casas y todo el ruido del mundo se vuelven apenas un susurro que pasa por encima de ti, y que de pronto podrías volar hasta el sol del atardecer, y puede que incluso más allá? Más alto, más alto, más, hasta llegar al cielo naranja y brillante, lejos de esta tierra estúpida en la que todo el mundo habla al mismo tiempo. Bueno, pues así es el paseo en moto con Logan. Volamos dejándolo todo atrás, a un lado, al otro, cada vez más rápido, más allá de todo y de todos, de lo que importa y de lo que no. Mi madre tenía razón advirtiéndome que no me montase en un cacharro de estos. Estoy enganchada.

Pobre mamá. Lo intentó.

Cuando llegamos a mi casa, el sol se cuela por debajo de los árboles, y todo se ha vuelto naranja, naranja, naranja. Logan se para un par de manzanas más allá de mi casa para que mi madre no me castigue hasta que entre en la universidad. Si las idiotas de mis hermanas estuvieran en casa, me torturarían por esto durante el resto de mi vida, y me llamarían putón, sobre todo ya sabes, por aquello de *ojo por ojo*...

Me bajo de la moto de Logan esperando que él se aleje hacia la puesta de sol, pero también se baja.

—¿Te acompaño hasta la puerta?

—¿Qué? ¡No!

—¿Por qué no?

—¿Estás de coña? Mis hermanas te tenderían una emboscada.

—¿Tienes hermanas?

—Dos, por desgracia. Y son un pestiño.

—Yo tengo dos hermanos pequeños, pero son muy ricos, la verdad.

—Ah, yo también tengo dos hermanos, pero mayores. Tampoco están mal. Por lo menos me dejan en paz.

—Lo de tus hermanas serán celos, ¿no?

—No sé. Lo mejor que podrían hacer sería ignorarme.

El sol se cuela en rayos por entre las ramas, y me aterra que alguien pueda verme. ¿Te imaginas que fuera Stacy Noal? Eso sí que sería gracioso.

—¿Sabes lo que pienso?

Me lo ha preguntado con una sonrisa pícara, y pienso que debería irme corriendo, pero algo impide que mis pies sigan las instrucciones de mi cerebro.

—Que eres difícil de ignorar.

—Psche. ¿Qué se supone que quieres decir con eso?

—Que pienso que eres guapa.

—Cállate.

Él sonríe y yo estoy a punto de obedecer la orden de mi cerebro de largarme, pero algo ocurre, algo que no debería ocurrir y que no es la razón por la que me subí a esa moto. Ni de lejos.

—Voy a besarte ahora, y te va a gustar.

Y me besa. Y me gusta.

¡La Virgen!

Allí mismo, a dos manzanas de mi casa, Logan McDonough me da oficialmente mi primer beso (sí, ya lo sé, soy de floración tardía), y en realidad no sé cómo funciona esto, a pesar de que he visto un montón de películas que deberían servirme de referencia. Pero nada de todo eso importa en este momento porque, en esencia, estoy teniendo una experiencia extra corpórea en la que no puedo creer, no puedo creer de ningún modo que esto esté pasando, pero tampoco puedo parar, ni quiero, de ninguna manera.

Antes de que pueda darme cuenta, Logan se echa hacia atrás y me sonríe como si lo hubiera sabido todo desde el principio, y como si se alegrara de que ahora yo también lo sepa.

Se pone el casco como si fuera el sombrero de un vaquero.

—Que te vaya bien.

Y ahora que se ha calado del todo el casco, ahora que la moto se ha puesto en movimiento, ahora que va ya por la mitad de la calle, yo me quedo pasmada donde estoy, preguntándome qué puñetas ha pasado. Puede que acabe de cumplir los quince, y que no sepa mucho de nada, como por ejemplo de si me gusta un chico, pero lo que sí sé es esto: que estoy metida en un buen lío.

Doce

Pedaleo rápido, rápido, rápido. Este es el momento. Este es el cielo que de negro pasa a púrpura y luego se vuelve rosa, y ahora el sol sale y yo no consigo avanzar lo suficientemente rápido. No avanzo lo suficientemente rápido como para cambiarlo.

Pedaleo rápido, rápido, rápido. Este es el sol que sale a través de los árboles y no hay nadie, nadie en las calles, nadie en las aceras, nadie salvo yo y la luz que sale del pavimento. Nadie en kilómetros a la redonda, el universo entero contiene el aliento en silencio, pero dentro de mi cabeza, un millar de voces, en mi cabeza, una orquesta, un estadio.

Pedaleo rápido, rápido, rápido. Este es el momento y tiene que haber un modo de cambiarlo, tiene que haber un modo de impedir que la tierra siga girando. Tiene que haber una forma.

Trece

—Solo quiero que sepáis que he contratado a una chica negra. No os asustéis.

Es tarde ya en el Bunza Hut y el señor Baum nos da la noticia como si nos estuviera contando que ha comenzado la Ascensión de los Justos. Shelli y yo estamos junto a la máquina de refrescos, en silencio.

—¿Por qué íbamos a asustarnos?

Silencio.

—¿Qué nos va a hacer? ¿Comernos?

El señor Baum, y todos los demás adultos que conozco, parecen creer que cosas así marcan la diferencia. Incluso la gente inteligente. Me resulta raro. Y no hay manera de que te den alguna razón con sentido, porque es como si, para ellos, fuera importante tener algo que controlar. Alguien o algo.

Normalmente es algo sin importancia, una tontería de la que Shelli y yo nos reímos a última hora mientras tomamos un cacao caliente. Pero a veces no tiene nada de gracioso. Como por ejemplo lo que ocurrió en Omaha con aquel chaval que venía del otro lado del globo, que apenas hablaba inglés, y que lo enviaron aquí a través de uno de esos programas de refugiados en el que nadie se tomó la molestia de pensar a fondo en lo que hacían. Estuvo en el instituto Omaha Northeast dos días, antes de que le dieran una paliza de muerte que le dejó prácticamente rotos todos los huesos del cuerpo. Cuando se recuperó, gracias a Dios, lo sacaron de aquel estado de blancos y lo llevaron a otro al este. Las fotos que pusieron de él en las noticias eran increíbles. La cara toda amoratada y los ojos... Dios, eso era lo peor: ver aquellos ojos. Era como si llevara tatuada la pregunta *¿Por qué yo?* en los dos párpados. Te ponía los pelos de punta.

Esa es la razón de que tenga que mantener un perfil bajo sobre mis raíces, lo cual puedo hacer gracias a Becky Vilhauer. Para eso es buena. Para protegerme y que no me escupan a la cara todos los días en el vestíbulo. O peor aún. Para no encontrarme un buen día con la cara morada y escrito en las cuencas vacías de mis ojos *¿por qué yo?*

Y ahora, en este momento, el chaval al que sí escupen todos los días en el instituto entra en el Bunza con su madre, su padre y su hermana pequeña.

Joel Soren. Es un chico majo, y mirándole es difícil adivinar por qué es precisamente a él a quien han elegido para martirizar a diario.

Todo empezó con Becky, por supuesto, y por una estupidez. Becky le pidió a Joel que le diera un chicle *Hubba Bubba* de sandía. Solo le quedaba uno, y se lo estaba dando a una de las animadoras, literalmente. Se lo estaba poniendo en la mano cuando Becky se lo pidió.

Como es lógico, Joel no le hizo caso y no le dio el chicle.

Así que, Joel Soren tenía que pagar.

Paga cuando le tiran los libros que lleva en las manos. Paga cuando le ponen la zancadilla en el pasillo. Paga cuando llega a su taquilla y se encuentra con que, un día sí y otro también, le han escrito «friki», «supergay» o «maricón». En realidad no es gay, y tampoco eso importa. Simplemente lo escriben. Los musculitos. Becky ni siquiera tiene que molestarse, porque todo el asunto ha cobrado vida propia y el chico es el saco de boxeo de cualquiera, todo por un Hubba Bubba de cinco céntimos.

La lección no me pasó desapercibida.

Shelli me da con el codo cuando la familia se acerca a la barra para que los atienda yo. Creo que ha debido cobrar, como mucho, a tres clientes durante los ocho meses que llevamos trabajando aquí. Igual es que le da un poco de miedo usar la caja. O a lo mejor no sabe sumar. Al fin y al cabo, es cristiana, y me parece que no creen en las matemáticas.

—Tres número tres con papas y un menú infantil para esta jovencita.

Miro por encima del mostrador a la hermana pequeña de Joel. Debe tener unos tres años, es rubia, con unos enormes ojos azules y un chupete gigante.

—¡Qué monada! ¿Cómo se llama?

—Violet.

—Vaya. Qué nombre más bonito.

Joel ni siquiera me mira. Esta escondido detrás de sus padres y finge mirar la puerta de cristal, que tiene el mismo interés que un bloque de cemento. Me siento mal por él.

¿Pensará que también yo voy a escupirle? ¿Creerá que tengo algo que ver en la humillación constante a la que lo someten?

¿Lo tengo?

—Gracias. Ah, y tres coca colas, por favor.

—Muy bien, señor. Son nueve dólares y cincuenta céntimos.

Shelli se queda junto a la máquina de helados mientras los Soren van a su mesa, todos juntos.

—¿No te sientes mal por él? —le preguntó.

—Sí, un poco —me responde en voz baja.

—Es que… ¿no te parece injusto?

El señor Baum asoma la cabeza.

—¡Comanda!

El padre de Joel se acerca a la barra a recoger la comida. Es que este sitio no es como el Sizzler y otros. En el Bunza Hut tienes que servirte tú la comida.

Shelli se revisa el peinado en el reflejo de la máquina de helado, y yo me quedo mirando la coronilla de Joel.

—Me voy a acercar.

—¿Por qué?

—No sé. Es que me siento mal, eso es todo. Fíjate en él. ¡Lo está pasando fatal!

—Sí, pero ¿qué vas a decir?

—No sé.

—¿Eres marica?

—Cállate.

Shelli hace como que me acaricia.

—Deja de meterme mano en el trabajo, lesbiana.

—Vale. No te enfades.

Shelli es a veces como una cría de cinco años, pero prefiero tenerla a ella de compañera que a Becky Vilhauer.

Me acerco a la familia, que ha salido a cenar al Bunza Hut un jueves por la noche, y parece que Joel Soren quisiera meterse debajo de la mesa y transformarse en bicho bola.

—Hola, ¿qué tal? ¿Está todo de su gusto?

—Sí, gracias.

Habla el padre, el hombre de la casa, y yo intento establecer contacto visual con Joel para sonreírle, o algo así.

—¿Quieren más refrescos?

—No, no, gracias.

—¿Y ketchup? ¿Necesitan más ketchup?

—Eh... no, gracias. Estamos bien.

—¿Mostaza?

—Creo que tenemos de todo, gracias.

—De acuerdo. Disfruten de la cena y gracias por venir al Bunza Hut.

Ya sé que no me ha salido demasiado bien. Creo que lo único que he conseguido ha sido molestar al padre. Solo quería que Joel Soren se sintiera un ser humano por una vez. ¡Te imaginas lo que debe ser ir al instituto y que todos los días te empujen y te tiren los libros?

Ni siquiera Becky lo controla ya. Ella empezó creando una bola de nieve, pero ahora es una avalancha que ha enterrado al pobre Joel.

Catorce

Mis padres están completamente convencidos de que es imposible escaparse de mi habitación, pero se equivocan. Aun así, entiendo que lo piensen, y de ser yo otra persona, y no esta brillante delincuente que vive en una fortaleza, lo sería. De hecho, por eso la elegí: porque parecía imposible. Ese fue mi segundo paso. El primero fue asegurarme de que era posible.

De todas formas, esta noche va a ser fácil porque todo el mundo anda pendiente de lo que ha pasado en Oklahoma: un tío se entera de que su mujer, empleada del Kmart, se ha liado con su jefe. Eso no es gran cosa, lo sé, pero es que lo mejor que se le ocurrió al tío después de enterarse fue ir a Kmart, pegarle un tiro al jefe, otro a su mujer y seguir disparando a todo bicho viviente que hubiera a su alrededor y que, por supuesto, no tenían nada que ver en el asunto. Al final seis muertos, incluido el tío. Mi madre está superangustiada con el tema, aunque yo digo que no se ha parado a pensarlo bien, porque si lo hiciera se daría cuenta de, primero, el tío era un Okie. Segundo, Oklahoma está a dos estados de distancia. Y tercero, ni siquiera hay un Kmart en Lincoln. El más próximo está en Omaha. Por lo tanto, si se parara un instante a considerar los hechos, respiraría más tranquila sabiendo que esa clase de cosas no ocurren por aquí.

Llevo toda la noche intentando hacérselo ver, pero no hay modo, y sigue viendo las noticias como si se tratase del desastre del *Hindenburg*, lo cual, al final me viene de perlas para mi diabólico plan de escaparme.

Así lo he preparado: el dormitorio está en el segundo piso y hay dos ventanas, ambas un largo rectángulo con poca altura, apenas cuarenta y cinco centímetros. Además, se abren por la mitad, de modo que estamos hablando de un espacio de unos veintidós centímetros por el que hay que colarse. Y encima, no hay nada a lo que poder agarrarse, de modo que aunque lograse por arte de magia colarme por esa ranurita, ¿qué iba a hacer? ¿Salir volando?

Excepto… siempre hay una excepción. Junto a la fachada hay un roble, y una de sus ramas queda a unos sesenta centímetros de la ventana.

Así es como se hace: les dices a tus padres que quieres irte temprano a dormir porque al día siguiente tienes un examen importante y quieres estar descansada. Un examen imaginario, por supuesto. Ellos te sonríen y se felicitan por la hija tan estupenda que tienen y con la que han hecho un gran trabajo.

A continuación, esperas. En algún momento se irán a su habitación, al otro lado del recibidor. La tele puede seguir puesta, pero eso no significa nada. Ese trasto podría quedarse encendido toda la noche, y hasta el siglo que viene, créeme.

Una vez su puerta lleve como mínimo quince minutos cerrada, ponte algo que ellos jamás te dejarían llevar puesto si fueras a salir por la puerta de la casa, excepto los zapatos. Tienes que tirarlos por la ventana porque vas a necesitar tus pies, te lo aseguro. Abres la ventana, tiras los zapatos y respiras hondo. Tienes que vaciarte de aire cuanto puedas para caber por esa ranura. Ahora súbete a la cama y apóyate en la ventana para que puedas adoptar lo que se llama la postura supermán, en paralelo al suelo.

Y ahora, saca el cuerpo por la ventana y estírate cuanto puedas para agarrarte a la rama del árbol. Sin miedo. Tú agárrate sin más. Ya sé que es raro estar en posición supermán y estirado como Gomosito, con medio cuerpo fuera de la ventana y agarrado a una rama, pero funciona, confía en mí. Vale, pues ahora asegúrate de estar bien agarrada y tira, tira, tira, hasta que estés prácticamente fuera del todo.

Bueno, ahora viene la parte difícil. Llega el momento de «el movimiento».

Tienes que aprovechar el momento en el que te descuelgas de la ventana para poner los pies en la rama baja más cercana y aferrarte a ella como un mono. Si la cagas, te caerás y casi seguro que te matarás, lo cual no está mal porque así no tendrás que hacer el Examen de Acceso a la Universidad.

En cuanto hayas ejecutado este movimiento de simio, estarás libre. Lo único que te queda por hacer es descolgarte del árbol y *¡voilà!* Ahí se quedan las petardas de tus hermanas, que seguramente estén diciendo chorradas por teléfono con tíos que solo quieren meterse en sus bragas; ahí se queda la habitación de tus hermanos, en la que Robby estará viendo algún partido en su mini televisor, y donde Henry tendrá la nariz metida en el libro de química porque si no logra llegar a Harvard, se morirá.

Pero ¿a quién le importa? ¡Eres libre!

Vale, lo admito: esta noche he quedado con Logan. No se lo digas a nadie. Shelli sospecha que hay algo, porque esos viajes en moto desde el instituto a casa se han vuelto más frecuentes y, para serte sincera, más superfantásticos. Ahora que ya estamos en otoño, y que en cuanto el sol se pone, se te congelan las peras, estos viajes en moto son lo más, la verdad.

No nos pasamos el rato morreando, así que no te aceleres. En realidad es… él aparece, me recoge, y salimos volando por la colina, recorremos las calles del barrio y el mundo es nuestro, pero no tenemos que decirlo con palabras. De hecho, no tenemos que hablar de nada. Y a veces nos damos un beso de despedida sin haber dicho una sola palabra. Al día siguiente, en el vestíbulo del instituto o por los pasillos, me pasa con sigilo toda clase de notas divertidas, pero tampoco nos hablamos en ese momento. De hecho, nuestra relación funciona mucho así. Es como si fuéramos espías. Logan es mucho más listo que todos esos idiotas sin cuello del equipo de fútbol, en particular Chip Rider, ese con el que según dice todo el mundo, tengo que enrollarme o me moriré. ¡Qué palurdo! Cree que Chekjov es un personaje de *Star Trek*. Estoy segura de que si le dijera que el Chekjov que él recuerda como personaje de *Star Trek* llevaba el nombre de otro Chekjov mucho más importante, un superfamoso escritor de teatro, casi el Shakespeare de Rusia, me miraría con cara de póquer y se le caerían los dientes.

Por el contrario, Logan ha escrito unas cinco obras de teatro, composiciones brillantes de las que nadie sabe nada porque están durmiendo en su archivador.

Puesto que tú solo piensas en lo de los besos, te voy a dar un detalle de interés: Logan besa de maravilla. No es que yo haya besado a muchos chicos, y por «muchos» me refiero a ninguno. Pero he visto muchas pelis y creo que tengo el concepto general. También es posible, aunque puedo estar equivocada, que haya una correlación directa entre lo mucho que te gusta una persona y lo mucho que te gusta besarla.

Por ejemplo: si Chip Rider fuese el tío que mejor besara del universo, cinco veces campeón del mundo, y me besara… seguro que no me gustaría ni de lejos lo que me gusta besar a Logan. ¿Lo ves? Esa es mi teoría, aunque aún no la he puesto a prueba. Y no puedo preguntárselo a Shelli porque, en primer lugar, a ella le gusta cualquier cosa que se mueva, y en segundo, deduciría que Logan es más que un chico con moto. Becky queda fuera de toda duda por razones más que evidentes. Y por supuesto, no puedo preguntárselo a las brujas de mis hermanas porque me darían la tabarra sin parar, no dejarían de preguntar, acorralándome, tirándome al suelo, escupiéndome… sería así, lo sé. Son un asco.

A Henry, tampoco, porque la única chica con la que se lo ha hecho en sueños es la Princesa Leia y quizás con alguna de las chicas de portada del *Sports Illustrated* que haya salido en bañador. Robby seguro que ha besado a unas cuantas, pero estoy segura de que la información que podría darme no me iba a ser de utilidad porque él es un chico y yo, una chica. Seguramente diría alguna estupidez del estilo *sí, te pone cachondo*.

De todos modos, hace mucho frío en la calle. Aún no ha nevado, pero esta noche la hierba está blanca y se ve la respiración, aunque nada de todo ello me ha impedido llevar una vestimenta completamente inapropiada. Sí: minifalda. Pero estoy acostumbrada al frío y llevo medias. Además, llevo calcetines térmicos debajo de las botas, así que solo estaré medio muerta de frío cuando me encuentre con Logan. Dice que tiene una sorpresa para mí, y sé que eso es lo que dicen los asesinos en serie antes de llevarte al zulo que tienen preparado en su sótano, vestirte con ropa de su madre y estrangularte. Pero, teniendo en cuenta que llevamos más de treinta viajes con la moto después del instituto, y aún no me ha preguntado si puede arrancarme la cabellera para hacerse un sombrero con ella, creo que estoy a salvo. Además, esta es una de esas noches en las que de verdad necesito desquitarme.

Es que mi padre está enfadado porque he sacado una B en Educación Física. Voy a contarte por qué. Cada vez que tenemos que hacer algo gordo, como por ejemplo correr quinientos metros, trepar por la cuerda o saltar obstáculos, cada vez, sin fallar una, exacto como un reloj, tengo el periodo. Y no es el cuarto o el quinto día, sino el primero o el segundo, uno de los dos días que mejor estarías en las urgencias de un hospital.

¿Quién puede querer correr los quinientos metros mientras sangra como un cerdo y tiene la sensación de que todo el mundo le está dando puñetazos en la espalda?

¿Y la cuerda? Olvídalo. ¿Te lo imaginas? Hubo una chica, Carla Lott, que tuvo su primera regla en primaria. Llevaba unos pantalones blancos, y por supuesto se le mancharon, y todo el mundo se enteró. Todo el mundo. Desde entonces ya nunca más fue solo Carla Lott, sino *Periodo Lott. Regla Lott.* Y así durante años.

Y te voy a decir una cosa: todas las chicas, de la primera a la última, temen, pero TEMEN, que eso mismo pueda pasarle a ellas. Todas. Incluso Becky. ¡Es que no es justo! Los tíos no tienen nada ni remotamente parecido. Si hubiera un poco de justicia en el mundo, no tendríamos que ir al instituto durante los días del periodo; tendríamos que poder quedarnos en casa cinco días comiendo chocolate y llorando.

Lo que va a pasar ahora es que el conde Chucula va a llamar cualquier día, supertemprano, igual a las seis de la mañana, para explicarme que sacar una A es mucho mejor que una B, y que si quiero salir de esta ciudad adormecida e ir a una buena universidad en la Costa Este, tengo que ser estudiante de A sin excepciones y sin excusas. Y si no logro serlo, es obvio que acabaré siendo una perdedora, descalza, embarazada y casada con un tío que se llamará Cletus, viviendo en mitad de ninguna parte, con todas las esperanzas y los sueños hechos puré.

Como mi madre.

Eso no lo dice, pero en realidad es lo que quiere decir, créeme.

Así que esta noche es la ocasión perfecta para decir ¡a la mierda!

Estoy a unas dos manzanas de Holmes Lake cuando veo a Logan parado con su moto detrás de un sauce llorón. Él no me ha visto aún, de modo que tengo tiempo de mirarlo bien y decidir si aún me gusta, a pesar de que si alguien se entera de lo nuestro acabaré desterrada, metida en la lista negra, desterrada.

Intento que no me guste. Sería todo mucho más sencillo, pero desgraciadamente no me lo está poniendo fácil porque está ahí sentado, sin más, con su pelo oscuro y su aire de ángel caído hermoso—pero—triste—pero—duro—pero—desconsolado—pero—reservado. Lo que quiero decir es que incluso podría tener su propio tema musical. Algo lúgubre, con mucho teclado y unos violines. Uf.

¿Por qué no puede ser un idiota sin más?

Me acerco y él me ve.

—¿Estás preparada para una noche superinsólita?

Esa es otra cosa que no logro que me deje de gustar de Logan. No se expresa como los demás, o puede que ni siquiera piense como lo hacen los demás. Por ejemplo, si fuera Chip Rider quien estuviera allí, soltaría algo como: «Eh, tía, qué buena estás».

Pero el que está es Logan, ahora de pie en toda su complicada e incomprendida gloria, con unas palabras geniales y unos pensamientos aún más geniales detrás.

No puedo hacer otra cosa que subirme a la Vespa detrás de él, y en un abrir y cerrar de ojos dejamos atrás Holmes Lake y tomamos dirección sur, sur, sur, más allá de los límites de la ciudad, y entramos en un extraño y nuevo mini mundo de casas recién construidas y a medio construir.

Hay una salida con una señal en la que hay escrito algo en cursiva, como lo que ponen en las etiquetas del vino bueno, que dice: *Hollow Valley*. La tomamos. En esta urbanización, las casas son tres veces más grandes que la mía. Lo son más aún que la casa de Sheridan donde vivía el alcalde. Son casas nuevas que se esfuerzan en que parezcan viejas, con muchas torres, ventanas rematadas en arco, adornos de hierro forjado y todo eso, pero por otro lado te da la sensación de que podrías tirarlas de un empujón, como si fueran parte de un decorado de cine o algo así.

Unas están casi terminadas, otras a medias, otras en cimientos, pero allí, al final de una calle llamada Glenmanor Way, hay una monstruosidad de tres plantas casi terminada, y es ahí donde nos dirigimos.

Logan toma el camino de acceso sin intentar disimular ni esconderse, para el motor y se baja.

—Hogar, dulce hogar.

—Estás de coña, ¿no?

—En cierto sentido.

Camina sobre el pavimento empedrado hacia la inmensa puerta de doble hoja y se rebusca en los bolsillos haciendo una mueca divertida con la boca.

—Es uno de los rollos de mi padre. Su última inversión. Esta es la casa piloto.

—¿Piloto?

Por fin encuentra la llave y entramos a un inmenso recibidor de imitación al mármol, decorado con plantas de plástico y todo.

—Es como un modelo de casa. Cuando vayan a poner en venta las otras, podrán traer aquí a la gente antes y hacer que exclamen ¡oh! y ¡ah! cuanto quieran antes de extender el cheque y descorchar el champán.

Tengo que admitir que, aunque todo es falso y requetefalso, resulta agradable. Tan agradable que seguramente mi madre se pondría a saltar por los muebles o algo así. Hasta hay un racimo de uvas de mentira en un frutero, y una botella de champán también falsa en una cubitera.

Logan me pilla mirando la botella de champán y me lee la mente.

—Hay cerveza en la nevera porque a veces, si le da por ahí a mi padre, le gusta hacer que los clientes se relajen. Sobre todo los tíos. Ya sabes, cosas de hombres.

En el centro de la casa hay una habitación gigante que se puede ver desde la planta de arriba rematada con una barandilla, y una chimenea con plantas de mentira a cada lado.

—Ahora viene la mejor parte.

Toca algo al lado de la chimenea y zas, se hace el fuego.

—¡Vaya! Qué fácil.

—Sí. Creo que es uno de los mayores atractivos de la casa a la hora de venderla.

Me ofrece una cerveza alemana de cristal verde con etiqueta blanca.

—Es que a mi padre le gustan los toques de clase —se explica.

La acepto y brindamos.

—¿Tu padre tiene… clase?

En ese mismo instante, a Logan se le escapa la cerveza y la escupe en la alfombra. Cuesta trabajo no reírse.

—Genial… —se lamenta mientras se seca la barbilla—. Mi padre tiene la misma clase de que un vendedor de coches usados con un traje nuevo.

—Eso que has dicho no es nada agradable.

—Es que él tampoco lo es.

Silencio.

—Cada dos por tres dice que se va a pescar, cuando en realidad lo que hace es tirarse todo lo que se menea, y luego vuelve con alguna huevada de adorno con plumas y espera que todos nos lo traguemos.

—¿En serio?

—Sí.

—Eso es horrible.

—Lo sé. Mi madre se lo traga, lo mismo que mis hermanos peque-ños. Es patético.

—¿Y tú cómo sabes que no es así?

—Si te lo digo, no te va a gustar.

—Pues no te queda otro remedio. Ahora tienes que decírmelo.

Estamos sentados en el sofá en forma de ele, también de ante de imitación, colocado frente a la chimenea.

—Un día me dijo que quería ir de pesca conmigo. Ya sabes, ese rollo de padre e hijo, así que nos fuimos juntos a Madison, en Wisconsin, en un estupendo viaje para estrechar lazos.

—¿Y?

—Nada más llegar, cuando íbamos a subirnos a la barca, va y me dice: *Quiero que conozcas a alguien*, y de buenas a primeras aparece su churri y se sube al bote con zapatos de tacón. ¡Zapatos de tacón en una barca de pesca! Fue una pesadilla.

Tomo nota de llevar calzado apropiado cuando vaya en una barca.

—¿Estás hablando en serio?

—Totalmente.

—¿Y qué esperaba? ¿Que no te importase que estuviera engañando a tu madre?

—Supongo.

—¿No te iba a importar lo que le hiciera *a tu madre*?

—Pues imagino que pensó que era uno de esos rollos entre hombres.

—Es asqueroso.

—Ya te lo había dicho.

Me quedo callada. Estoy alucinada.

—¡Qué cerdo!

—Ya.

—¿Se lo has contado a tu madre?

Logan suspira y toma un trago de cerveza.

—No. Soy patético, pero es que no puedo. No sé qué decirle. La hundiría, ¿sabes?

—¿Tú crees?

—Sí. Mi madre es muy frágil y está enamorada de él, pero al mismo tiempo le teme.

Hay una pausa y en ese tiempo todo cobra sentido: la moto nueva, la ropa recién estrenada, todo nuevo en definitiva. Todo comprado por su padre.

Es un soborno.

Algo de lo que ha dicho no me encaja.

—¿Por qué crees que le tiene miedo?

—No sé.

Se queda callado un instante.

—Es que es un poco raro, ¿sabes? No se puede estar quieto. Por ejemplo no podemos salir a cenar sin que mire a su alrededor mil veces. Y se pasa el tiempo presumiendo: de las cosas que le compra a mi madre, de los sitios a los que vamos a cenar… como si tuviéramos que estarle agradecidos. Y cuando no nos damos prisa a besarle el culo, se pone… no sé.

Los dos nos quedamos mirando el fuego un minuto. Me parece que ambos tenemos un padre de mierda. Puede que le pase a todo el mundo. A lo mejor las madres solteras de las que todo el mundo se queja tanto lo saben bien.

Pienso en mi madre, en cómo debe ser tener a ese ogro roncando al lado en la cama y me estremezco.

Pero al menos no anda por ahí acostándose con todo el mundo. En lo único que el ogro engaña a mi madre es en el número de papas fritas que se zampa.

—Mira, Anika, si estás incómoda aquí, lo comprendo. Entiendo que esto es como una especie de… como una casa de cartón. En realidad es todo de mentira, y podrías encontrarlo un poco… raro.

—No, no es raro. Me alegro de que estemos aquí.

—¿Sí?

—Claro. Al fin y al cabo, me he escapado de casa, ¿no?

Los dos bebieron de su cerveza mientras miraban al fuego.

Silencio.

—Eres la chica más guapa que he visto en mi vida.

Me lo suelta así, sin más, y yo no puedo evitar quedarme con la boca abierta.

Él se tapa la cara con las manos.

—¡Ay, Dios, cómo he podido decir eso! Soy patético. ¡Por favor, no te vayas!

Yo me recupero.

—Bah. ¿Por qué iba a marcharme? —pregunto, y le muestro mi botella ya medio vacía—. Si esta es la mejor cerveza de la ciudad, o por lo menos, la más barata.

Él sonríe.

—Cierto.

—Además, nunca me habían dicho algo así.

—Imposible.

Yo me encojo de hombros.

—No me lo creo.

—Pues es cierto. No creerás que la gente va por ahí diciéndole a los demás que son guapos, ¿no?

—A los demás, no. A ti. Te lo deben decir todos los días.

—Pues… no. Se lo dicen a Becky.

—¡Pero si Becky es una zorra!

—¡Eh!

—Lo es.

Es difícil no sonreír ante tamaño sacrilegio.

—No irás a decirme que tu querida amiga Becky no es un velociraptor disfrazado, ¿eh? Esa tía es una sociópata.

—Eh… creo que me voy a acoger a la Quinta Enmienda.

—Lo es, y tú lo sabes.

Ahora sonreímos los dos.

—Vamos, admítelo.

—Jamás.

Hay algo en el aire entre los dos. Como un truco de magia.

—Bueno… supongo que… debería llevarte ya a casa.

—¿Qué?

—Que debería llevarte a casa. No quiero que tengas problemas.

—¿No vas a acosarme, o algo?

—¿Qué? ¡No! Estás loca, ¿sabes?

—No sé… me parecía que podía ser divertido.

—¿Divertido?

—Vale, vale. De todos modos, no iba a dejar que lo hicieras.

—Ya. Por eso es acoso, ¿no?

—Olvida lo que he dicho, pedazo de friki.

—Tú eres la friki.

—De eso, nada.

—Que sí. Eres una friki con un trastorno sexual.

Le lanzo el cojín de adorno a la cara y, por supuesto, él me lo vuelve a lanzar.

No quiero subirme a la moto y volverme a casa. No quiero salir por esa tremenda puerta piloto. No quiero hacer nada que pueda desembocar en que un solo y minúsculo átomo de esta habitación cambie. Quiero esto. Nada más. Esto.

Quince

—Anika, Shelli, os presento a Tiffany —y añade en voz baja—: La chica negra.

Shelli y yo estamos junto a la máquina de helados del Bunza Hut, mientras la pobre Tiffany, muy delgada e increíblemente tímida, entra detrás del señor Baum y se detiene junto al mostrador.

—Hola.

—Hola.

El señor Baum adopta una ridícula y falsa sonrisa. Verdaderamente parece estar trastornado.

—Te queda mucho mejor el uniforme que a mí.

No se me ocurre otra cosa, así que digo esto, pero es que es cierto. Un polo amarillo y unos pantalones cortos verde esmeralda no es una combinación fácil. Asumámoslo: yo parezco una lata de 7UP, pero a esta chica le queda de maravilla.

—Ah… gracias —responde con la mayor timidez posible.

—Bueno, Anika, cuento contigo para que le enseñes cómo va esto.

—Sí, señor Baum.

Por supuesto ni siquiera mira a Shelli. Me temo que no va a enseñarle a nadie cómo va esto en un futuro próximo.

—Anika, ¿te importaría hablar un momento conmigo en privado?

—Eh… no, claro.

El señor Baum me lleva al despacho de atrás, que en realidad es más un armario lleno de *post-it* por todas partes. Es como si tuviera la palabra «violación» escrita por todas partes.

—Anika, sé que, obviamente, no debes estar muy contenta con esta situación.

—¿Ah, sí? ¿Por qué?

—Ya sabes.

—¿El qué?

—Pues que…

—¿Qué?

—Pues que la chica nueva es… morena.

—¿Morena?

—Sí, Anika. Y necesito que tú te asegures de que comprende el… concepto.

—¿El concepto?

—Sí.

—¿Se refiere a si, por ejemplo, alguien compra un combo especial, tiene que cobrarle cincuenta céntimos menos?

—Exacto.

—Ah. Eh…

—Mira, es que necesito a alguien ahí fuera que sea listo. Tú eres una estudiante con las mejores notas y…

—Solo por accidente. Saco buenas notas porque si no mi padre no me querría.

—¿Es eso cierto, Anika?

—Bastante.

—Pues me gustaría hablar con él en alguna ocasión.

—Tendría que llamar a Rumanía, o a Princeton. Viaja mucho de acá para allá, y es difícil saber dónde está.

Silencio.

—¿Por qué no le dice a Shelli que la enseñe?

—¡Vamos, Anika! Shelli es una cabezahueca.

—Así que Shelli es una cabezahueca y Tiffany es morena. Pues sí que estamos apañados. Yo soy rumana, ya lo sabe. ¿Qué piensa sobre mí?

—Pues que a lo mejor eres vampiro.

—Señor Baum, no me importa ayudar, pero de verdad creo que debería darle una oportunidad a esta chica.

—Ya se la estoy dando. La he contratado, ¿no?

Pobre hombre.

No tiene ni idea de que le estoy robando el beneficio, además de envenenarlo.

Pero en mi defensa he de decir que esta conversación demuestra que se lo merece.

Gracias a Dios que la noche está muy parada y que nos vamos a casa temprano.

En el coche con mamá de vuelta a casa, no puedo evitar ir pensando en Tiffany y en lo idiota que es el señor Baum por pensar de primeras todas esas cosas horribles, cuando ella no es más que una muchacha menuda y frágil que seguramente necesita de verdad el trabajo. Ya sé que todo el mundo dice que así es la vida, pero no puedes evitar preguntarte por qué tiene que ser así.

Nos detenemos en el surtidor 76.

—Mamá, ¿cómo es que nosotros no vamos a la iglesia?

—Cariño, lo de la iglesia no es más que una comedura de coco.

—Pues la madre de Shelli va constantemente.

—Bueno, pues si tú quieres ir, ve, pero cuando empiecen a darte la lata con la Biblia, con lo que está bien y lo que está mal, con quién es bueno y quién es malo, quién va a ir al cielo y quién al infierno, igual empiezas a buscar la puerta de salida.

Un corto silencio.

—Si quieres hablar con Dios, todo lo que tienes que hacer es juntar las manos y orar.

Un corto silencio.

—Ya que dicen que está en todas partes —y añade, más para sí misma que para mí—: Panda de hipócritas, que no saben hacer otra cosa que juzgar a todo el mundo.

Un corto silencio.

—Nunca juzgues a un hombre hasta que no hayas caminado un kilómetro con sus zapatos puestos.

Un corto silencio.

—Así habrás caminado un kilómetro y te habrás quedado con sus zapatos.

Me guiña un ojo. Mi madre es un poco rara, pero no puedo evitar sonreír.

—Voy a llenar el depósito. Tú quédate aquí.

Se baja y cierra de un portazo.

Dieciséis

Es uno de esos días tontos en que nada va mal, pero tampoco va todo bien; de esos en que el cielo ni siquiera puede elegir entre estar blanco o gris. Y no sé por qué, pero me siento como deprimida, o desangelada, o cualquier otra palabra que empiece por de y que te de ganas de meterte en la cama y taparte la cabeza con la almohada.

Ha habido algunas cosas positivas. Por ejemplo, he logrado evitar a Becky casi toda la mañana. He sacado una A en mi examen de biología. Y según pone en el menú del comedor, habrá *cupcakes*. Pero aparte de eso, todo lo demás es absurdo y apagado.

Por otro lado, Logan no se ha cruzado conmigo a la hora en que solemos fingir que no nos conocemos de nada y que no somos agentes secretos que, a lo mejor, están locamente enamorados.

Qué rollo.

En este instante estoy en el único aula chula de toda la escuela, que es donde tenemos clase de plástica. Construyeron este anexo mucho después de haber construido el instituto, y lo hizo alguien a quien le importaba el aspecto que fueran a tener las cosas una vez hechas: luz natural, techos inclinados… en resumen, un entorno que no empujase a un puñado de adolescentes con vena artística a querer tirarse del puente más cercano.

Y he de decir, en su honor, que funciona. Cuando entras en la habitación, tienes la sensación de que algo vagamente interesante podría ocurrir allí.

Aunque también podría tener que ver con el hecho de que nuestro profesor va colocado.

¿Sabías que hay una cosa que se llama marihuana? Pues sí: te la fumas y, de pronto, te dejas el pelo largo, comes Cheetos, escuchas a Pink Floyd hasta que tu madre aporrea la puerta para pedirte que limpies la habitación, o que por lo menos te laves el pelo, o que consideres la posibilidad de hacer algo con tu vida.

No me cabe la menor duda de que el Fumeta, nuestro profe de Arte, tenía otros planes.

Sé que debería saber cómo se llama, pero no puedo recordar su nombre, probablemente porque él no puede recordar el mío.

Seguro que de pequeño pensaba que, cuando fuese mayor, llegaría a ser un motero de esos que se cruzan todo el país en moto, como el Che Guevara o Jack Kerouac, pero por ahora su cuelgue con la marihuana solo le ha conducido a dar clase a un puñado de adolescentes malhumorados y enseñarles cómo se pinta un árbol.

Para eso sirvieron los años sesenta, creo. Para que todo el mundo acabara convertido en un perdedor. Y para asegurarse de que todo el mundo se ponía sandalias con calcetines.

Cuando la gente mayor te diga que *tenías que haber estado allí*, o que *los sesenta fueron bárbaros*, tú escucha a mi madre:

—Ay, cariño, la mayoría solo eran idiotas, borregos que seguían la corriente. No lo olvides: cuando veas a todo el mundo clamando en una dirección, hazte un favor y vete en otra.

Pero ahora mismo estamos en clase, aprendiendo sobre el legendario Andy Warhol y su Pop Art, y yo estoy creando una obra maestra con una serie de conos de helado idénticos formando un patrón perfecto, pero con el helado de distintos colores. El Fumeta está impresionado, así que queda claro que, cuando me gradúe, me voy a largar a Nueva York con una boina en la cabeza.

Toda esta candente intervención artística se detiene quemando rueda cuando se dispara la alarma contra incendios y salimos todos en tromba por la puerta.

Afuera, somos la única clase que está en el césped porque nuestra pequeña avanzadilla arquitectónica está apartada del resto de edificios. Hace un frío que pela, pero todo el mundo parece encantado con la novedad de estar afuera. ¡FUERA EN MITAD DE LA MAÑANA! No importa que estuviéramos fuera hace más o menos un par de horas.

Después de un cuarto de hora de entusiasmo que dio paso a risas y que dio paso al aburrimiento, vuelven a hacernos entrar y no hay nada excepcional que contar.

Excepto...

¿Recuerdas el cuadro de helados estilo Pop Art del que te estaba hablando? Bueno, pues lo han reemplazado.

Reemplazado, no. Apartado, mejor.

Para dejar sitio a una obra mayor.

Lo sé. Te mueres por saber de qué se trata.

Tú y toda la clase, incluido el Fumeta, que me parece se ha metido una nueva dosis.

Esto es lo que hay ahora en mi caballete: imagínate, hazme el favor, un cuadro compuesto con blanco, óleo, cristal, trozos de espejo, más cristal, más blanco, incluso recortes de periódico y de revistas pintados también de blanco. De todo esto hay en el lienzo. Cuando lo miras, al principio, te parece solo un montón de cosas blancas que recogen la luz y brillan, formando un conjunto un poco deslumbrante.

Pero cuando te fijas, si te acercas, ves qué hay en realidad. Aquellos retazos de cristal, el periódico pintado, el óleo... todo se junta para crear una imagen, apenas insinuada, de una joven, de una chica con unos pómulos afilados, mandíbula cuadrada un tanto hombruna, ojeras de mapache, pelo casi blanco y ojos entre grises y azules que parecen de alguna manera...

—¡Eres tú!

La exclamación proviene del grupo *hesher*.

—¡Eh, Anika! ¡Eres tú!

—¡Sí, eres tú!

—¿Lo has hecho tú?

Y ahora todo el mundo me está mirando, mientras yo niego con la cabeza. ¿Qué iba a decir? Primero, yo no tengo talento. Y segundo, sí, lo he hecho por telepatía, mientras estábamos todos fuera helándonos las orejas.

Ahora llega el Fumeta.

—Mm. Esto es… interesante. Técnica mixta. Monocromático. Tiene algo… frenético, digamos, a lo Jean Dubuffet…

Vaya. Parece que el Fumeta ha leído algún libro entre porro y porro.

Y ahora se vuelve a mirarme.

—Bueno, Anika, parece que te has buscado un admirador secreto con mucho talento.

Dirijo a Dios una oración en silencio para dar gracias porque Becky no esté aquí. De lo contrario, recibiría un rápido e inmediato castigo: por un lado por ser merecedora de semejante tributo, y por el hecho de que el tributo esté hecho, en su opinión, estoy segura, de basura.

Pero no es basura.

Y cuando pienso en el diabólico truco empleado por el autor para hacer la entrega, siento que hay magia en el aire. Electricidad. Como si hubiese un cable soltando electricidad allí mismo.

Nadie conoce el nombre del artista.

Pero yo sí lo conozco.

Sonrío.

Logan.

Diecisiete

Seguramente pensarás que Shelli se tira a todos esos tíos porque se enamora de ellos, pero te diré una cosa graciosa: yo creo que no es esa la razón. Creo que lo hace para pasar tiempo con ellos. Lo que quiero decir es que salen juntos todos, y todos sin excepción se preguntan cual de ellos acabará tirándosela. Así recibe toda esa atención irracional mientras esperan ser el elegido. Se enrolla con uno de ellos y luego lo deja sin más, sin despedirse, ni darle un beso, ni nada. Se larga como si las llamas devoraran la casa, y no vuelve a hablar nunca más con él. Nunca. Ni lo llama. Ni le escribe. Ni lo acecha.

Y lo curioso es que este comportamiento suyo hace que les guste más. Es como si después de haberla visto tan sexy, tan caliente... como si, una vez gastado el sexo, ella los abandona y ellos, de pronto, se enamoran.

Tengo que reconocer que es una maniobra genial, aunque yo no podría hacerlo, sobre todo porque me aterra contraer alguna enfermedad repulsiva. Nunca se sabe con esos tíos. Algunos de ellos parece que salieran del reformatorio. No sé cómo se las arregla Shelli para controlarlos, pero lo intentan todo para toquetearla... en cualquier momento.

Su madre, una cristiana racista y estrambótica, la metió a trabajar en el Bunza Hut para que no se metiera en líos, lo cual resulta muy irónico, teniendo en cuenta que la estoy transformando rápidamente en una saboteadora de primera.

Pero esta noche ni siquiera puede salir a celebrar el cumpleaños de Brad Kline, en parte porque a su madre se le ha metido de pronto en la cabeza que tiene que quedarse en casa para estudiar la Biblia o algo de eso.

Uno de estos días se van a llevar a su madre al manicomio, te lo juro. Se empeña en que queme el pelo cuando se lo cortan para que nadie intente hacer un conjuro contra ella. ¡En serio! Ese es el nivel de paranoia del que estamos hablando.

Así que esta noche vamos a estar solo Becky y yo, lo cual puede parecer una tortura de no ser por dos factores importantes:

Uno es que Becky es una persona completamente distinta en modo fiesta. Es como si quisiera copiar a todas esas chicas que salen en las pelis de adolescentes y ser el alma de la fiesta, la belleza del baile, las más brillante de entre las resplandecientes, la superfeliz.

Así que está preparando chupitos de gelatina sin dejar de sonreír, fingiendo ser la chica más enrollada, la más chévere, la más sexy de todos los Estados Unidos de América. Lo sé. Sé que es sorprendente, pero incluso Darth Vader tiene sus momentos de desconexión.

Por mucho que suela desear que a Becky se la trague la tierra por el agujero más próximo, el hecho es que cuando está en este modo, es imposible impedir que te guste. Es encantadora, divertida, sabe cómo poner en marcha una fiesta, te acoge bajo su ala para hacerte cantar a grito pelado las canciones más cursis y reírte a carcajadas como si no hubiera un mañana.

Todo esto refuerza su reputación como Número Uno, Superfantástica Becky Vilhauer que todo el mundo QUIERE tener a su alrededor y QUIERE contar entre sus amigos.

Yo no podría ser el centro de atención así. La cagaría seguro. Pero Becky tiene algo. Lo que pasa es que solo lo muestra en ocasiones especiales, y esta, querido amigo, es una ocasión muy especial.

Y de ahí proviene la razón número dos.

La fiesta es en casa de Brad Kline, lo que significa que Jared Kline va a aparecer en cualquier momento.

Sí, ESE Jared Kline.

No hay una sola chica de cuantas se han presentado en la fiesta que no esté esperando ver si puede aunque sea atisbar al más Grande, y quizás, solo quizás, hablar con él. O incluso tocarlo. Eso sería lo más.

Sí, como lo oyes. Es difícil de creer que el tío sea como una especie de estrella de rock, pero lo es. Épico.

Ni siquiera yo, con el desprecio que me inspira la humanidad en su conjunto, puedo dejar pasar la oportunidad de mirarlo. No estoy haciendo cola como todas las demás chicas para acercarme a él, pero... no me importa mirarlo. Es como ver a Jesús en una tortilla, o algo así.

Los Kline viven en una enorme casa estilo Tudor en Sheridan Boulevard, una casa que por su estilo bien podría estar de chocolatería en Bavaria y no aquí. Y claro, Becky está aquí porque Brad Kline es su novio, aunque su relación se enfrenta en este momento a un serio revés, a saber: que Becky está en una habitación de la parte de atrás, en este preciso instante, haciéndoselo con el hermano de Brad.

Como he dicho, nadie puede resistirse a Jared Kline.

Ni siquiera Becky.

Mi trabajo en este momento consiste en asegurarme de que nadie, y en particular Brad Kline, se acerque a esa habitación. No es un trabajo fácil, pero alguien tiene que hacerlo, y teniendo en cuenta que Shelli debe estar en casa recitando el Nuevo Testamento con Mamá la Chiflada, el deber ha recaído en su segura servidora.

Decir que en esta fiesta hay mucha pota es quedarse muy corto. Menos mal que los dos baños de la planta de arriba están cerca de la escalera, así que solo tengo que quedarme aquí y hacer como que me he pasado un poco con la priva mientras Becky se gana su puesto en el salón de la fama por haberse tirado a los hermanos Kline. Espero que haya condón de por medio. Si algo sale mal, la prueba de ADN podría ser un tanto complicada...

Lo que más me gustaría en este momento es que Logan apareciera en la ventana, a ser posible en forma de murciélago, y que los dos pudiéramos salir volando de allí y largarnos a una montaña escarpada y oscura donde él se enrollaría conmigo solo para no verme llorar.

Pero me temo que eso no va a ocurrir. Lo que está ocurriendo en este instante es mucho peor.

Brad Kline está subiendo la escalera dando trompicones en busca de su novia, que está un par de metros más allá, calzándose a su hermano. ¿Qué hago? ¿Qué hago?

Brad es el capitán del equipo de fútbol, así que ponerle la zancadilla supondría que el equipo en su conjunto no podría llegar al campeonato estatal. Eso sería por aquí lo más parecido al holocausto nuclear, debido sobre todo a los padres, esas personas que por puro aburrimiento viven su vida a través de las experiencias de los demás, y seguramente acabarían enviándome a una cárcel de máxima seguridad, donde acabaría siendo violada constantemente por chicas llamadas Spike.

Así que no puedo ponerle la zancadilla.

Además es su cumpleaños.

Avanza directo hacia mí y está a punto de entrar precisamente en esa habitación, damas y caballeros; y no se va a encontrar con una imagen agradable. Más bien, porno. En cualquier caso, va a desencadenar una pelea a muerte estilo Caín y Abel, utilizando navajas, floretes o puede que solo los puños. Los dos han estado en el equipo de lucha, así que hay posibilidades de que su encuentro se parezca un poco a lo de *Homo city*.

En cualquier caso, y antes de que tenga oportunidad de pensármelo, lo agarro por el jersey, tiro de él, lo lanzo contra la pared y le meto la lengua hasta la garganta como si fuera una ninfómana en pleno síndrome de abstinencia después de una larga estancia en una isla poblada de ranas. Brad se queda confuso, pero no tanto como para no devolverme el beso. En este momento me gustaría puntualizar que Brad Kline besa fatal. Es como si su lengua fuera un zorro intentando con desesperación devorar todo cuanto hay dentro de mi boca y más allá. ¡Qué asco!

Se me ocurre durante ese beso de zorro resbaladizo que podría salirme el tiro por la culata y que Becky, la muy zorra, podría enfadarse conmigo por protegerla e impedir a su novio que entre en la habitación donde ella se lo está montando con su hermano.

¿Y ahora qué?

Decido que lo mejor que puedo hacer es desmayarme, y es lo que hago. Sí, amigos, ya es oficial. Ahora estoy tirada en el suelo como si alguien me hubiese dado con un martillo en la cabeza.

Caos. Anarquía.

Las ranas caen del cielo.

De pronto el centro de atención de la fiesta es Anika, la segunda mejor amiga de Becky, que se ha desmayado y está tirada en el suelo y, oh Dios mío, ¿y si no se despierta? Entonces, ¿qué? Se dice que es un vampiro, y quizás ahora ha entrado a formar parte de los no muertos.

Todo el mundo dice que habría que llamar a una ambulancia, o que no, que no hay que llamar a una ambulancia, o que sí, que hay que llamarla, o no, que no podemos, que sí podemos, que no podemos.

Si abriera los ojos, y es algo que deseo tanto hacer que el deseo me está devorando, vería un círculo de cabezas sobre mí, valorando, proponiendo, entrecerrando los ojos. Lo único que quiero es que esa condenada puerta se abra y Becky salga de ahí dentro para que mi charada pueda terminar.

Pero quien aparece es Jared Kline.

Sí, ESE Jared Kline.

A continuación siento que Jared Kline me toma en brazos, como si acabara de casarse conmigo, y baja las escaleras para trasladarme a la biblioteca. La gente le abre paso como el mar Rojo se abrió al ver a Moisés, llevando en brazos a este pájaro con el ala rota a la guarida de madera oscura, donde obviamente me va a salvar la vida con una maniobra de reanimación cardiorrespiratoria con la que me transformará en una princesa.

No suena una pieza de ópera, pero quedaría bien.

Todo el mundo intenta entrar en la habitación con nosotros, pero Jared me tumba en la gigantesca mesa de su padre, se da la vuelta y cierra la puerta. Yo abro un solo ojo para ver quién está fuera mirando, y veo algo que me llena de terror. ¡Absoluto terror!

No es una ambulancia, ni la policía, ni siquiera una horda de ladrones de cuerpos. Es Becky Vilhauer, que me mira desde allí, plantada de pie, como si fuera carne muerta.

Que seguramente, admitámoslo, es lo que soy.

Dieciocho

—Eh… eh… ¿estás bien?

Ahora es cuando yo tengo que fingir que me despierto de mi desmayo.

A mi hermana Lizzie le encantaba hacernos actuar en toda clase de obras de teatro, principalmente musicales, así que no carezco de experiencia a la hora de recurrir a mi talento dramático. Se nos daba tan bien que mi madre llegó a apuntarnos a uno de esos programas de talentos. Teníamos preparada una rutina completa titulada *Ain't She Sweet?*, que gustaba a rabiar, la verdad. Yo era la caña. Mis hermanas hacían un número de claqué y cantaban. A continuación, mis hermanos hacían un número de baile y cantaban a coro, y por último salía yo, con una piruleta gigante y un enorme sombrero, y sin saber muy bien cómo, ganamos el primer premio en la feria estatal. Te lo juro. Casi se oyeron los suspiros de derrota de los otros participantes cuando salí yo al escenario. La única vez que quedamos segundos fue cuando competimos contra un pollo que jugaba a las tres en raya. Aquel día, el pollo fue la caña.

—¿Anika? Te llamas Anika, ¿verdad? La amiga de Becky. ¡Despierta, Anika!

Despertarme de mi desmayo fingido intentando poner cara de mareo y encontrarme frente a frente con el Más Grande… bueno, pues no fue nada difícil. Lo tenía justo encima de mí, mirándome como si fuera el conejito más mono, más rico y más dulce que hubiera visto nunca.

—¿Te encuentras bien? Toma un poco de agua.

El despacho está forrado en madera oscura de cerezo y hay una lámpara verde sobre el fieltro verde también que ocupa el centro de la mesa oscura de caoba. Nunca me había preguntado cómo se ganaría la vida el padre de los Kline, pero sea lo que sea a lo que se dedique, no debe estar mal. La casa, aquel despacho, los cuadros de las paredes, casi todos óleos en los que aparecen enormes navíos envueltos en olas en mitad del mar, una escalera que puedes desplazar para alcanzar los libros colocados en los estantes más altos... esto es algo que se podría ver en *De mendigo a millonario*, y no en Lincoln, Nebraska. Lincoln es de esa clase de sitios en los que, si eres rico, tienes dos coches, y no una biblioteca con una escalera y cuadros de temática náutica.

Bebo del vaso en silencio, mirando a Jared Kline e intentando pensar qué decir que no me haga quedar como una completa idiota. Algo como «Bueno, así que acabas de liarte con la novia de tu hermano, ¿eh?», no creo que funcionase. Él tampoco dice nada. Tiene la mirada clavada en la alfombra, persa seguramente, y cara, como dejada caer en mitad de la sala.

Esta habitación está destinada a impresionar a la gente, y está cumpliendo su propósito.

Me aventuro a darle las gracias, le devuelvo el vaso y él se queda allí sentado, mientras yo espero que se levante, abra la puerta y vuelva a su apasionado *affair* con Becky Vilhauer.

Pero no. Es extraño, pero tengo la impresión de que quiere quedarse allí sentado como en trance, contemplando la alfombra y haciendo que yo me sienta estúpida.

—¿Sabes que usan un libro de tu padre en Historia del Mundo Moderno? Gustav Dragomir se llama, ¿no?

Yo parpadeo.

—Sí. Es mi padre.

—Un tipo listo. Sabes que es muy famoso, ¿no?

Yo me encojo de hombros.

—Supongo.

—¿Cómo es que no vives con él?

—Bueno, es que pasa la mitad del tiempo en Rumanía, y...

—Vives con tu madre.

—Sí.

¿Hablar del conde Chocula? Eso sí que es lo último que debería hacer en esta fiesta. Yo me imaginaba que iba a montar una batalla de gominolas con Becky, saltar del tejado, montar en bici dentro de la piscina… (por cierto, que ya lo he hecho. Solo para que conste). Pero desde luego, esto no.

—Entonces, tú también serás lista, ¿no?

Jared Kline es conocido por muchas cosas: colocarse, liarse con tías, romper corazones, ser frío como el hielo, pero ¿interesarse por el coeficiente intelectual de una persona? Además, si se parece un poco a su hermano, no estará demasiado bien dotado en ese sentido.

—¿Qué clase de pregunta es esa? No voy a poder responderte sin quedar como una idiota.

Él sonríe entonces y me mira.

—Te ofrecería un poco de hierba, pero aún te estarás recuperando de lo de antes.

—Lo sé. Me da un poco de vergüenza —dijo, y me dispongo a bajar de la mesa—. Supongo que deberíamos volver a la fiesta…

—No tengo mucha prisa —contesta él, mirando la puerta—. Ve tú si quieres.

No sé si quiero o no, pero lo que no voy a hacer es dejar al tío bueno de Jared Kline solo en esta habitación sin ninguna razón aparente. Puede que yo odie a todos los tíos, pero aun así hay cosas que no haces. Ni siquiera si eres una misántropa. Dejarle allí plantado es una de ellas.

Este debe ser uno de los momentos más incómodos en la historia de la biblioteca del padre de Brad Kline. Los dos estamos allí sentados, sin saber qué decir, pero lo más curioso de todo es que casi parece que Jared Kline esté… nervioso. ¿Te lo puedes creer? ¡El Más Grande se pone nervioso?

—Entonces, Becky y tú sois amigas, ¿no?

—No sé. Más o menos.

—Sabes que no es una tía muy legal que digamos.

Es lo más raro que se puede escuchar de la boca de un tío que precisamente se la estaba tirando hace un momento.

—Me acojo a la Quinta Enmienda.

—No es buena compañía.

Ahora estoy empezando a molestarme, aunque vagamente. ¿Quién es este tío para decirme lo que debo hacer? ¡Pero si es la primera vez que cruzamos palabra! Que haya bajado las escaleras conmigo en brazos estilo Escarlata O'Hara no le da derecho a mangonearme.

Frunzo mínimamente el ceño.

—¿Ah, no? ¿Y con quién te parece entonces que debería salir?

En aquel momento me mira directamente a los ojos por primera vez, y es una clase de mirada que nunca le he visto a nadie, excepto en las pelis. Se inclina hacia delante y susurra casi sin voz:

—Conmigo.

Diecinueve

Yo no he crecido en habitaciones de gente rica. En habitaciones de casas de las afueras, con paredes hechas de madera y puede que una tele superguapa, sí, pero, ¿una habitación como aquella, con un globo terráqueo, marinas y fieltro verde? No. Esta es una de esas estancias en las que se nace. No es que pretenda lamentarme de mi suerte, o fingir que me han criado en una chabola o algo así, porque no es cierto. Mi madre se aseguró de que no fuera así casándose con el ogro. Fue un sacrificio, y yo lo sé. Lo sé aunque ella no quiera admitirlo. Firmó ese acuerdo, y lo hizo por nosotros, y yo no puedo evitar preguntarme si valió la pena, como tampoco puedo evitar querer hacer algo algún día para que se sienta orgullosa de mí. Aunque robarle al señor Baum en sus mismísimas narices de la caja del Bunza Hut no debe ser precisamente un buen comienzo.

Pero aquí y ahora, en la fiesta de Brad Kline, metida en aquella habitación de ricos con Jared Kline… es como si estuviera en aquel episodio de *La tribu Brady* en el que Davy Jones va a visitar a Marcia y ella baja casi flotando por las escaleras.

Pero también soy consciente de que cualquier cosa que Jared Kline pueda decir es una mentira de tamaño descomunal, porque es un golfo de proporciones legendarias. Un lobo en camiseta de Led Zeppelin. Es lo que dice todo el mundo. Y en este momento está sentado ahí, con sus Vans puestas encima de la mesa y sonriéndome como si supiera algo superguay pero no pudiera contármelo.

—Mira, sé que eres un golfo, así que no sé qué crees que estás haciendo aquí conmigo, pero quiero que sepas que no va a funcionar.

Cambia de sitio las Vans.

—¿Ah, no?

—No. Sé que no se te puede tomar en serio.

—¿De verdad?

—Lo siento, pero no voy a mentirte. Sé que todo el mundo piensa que eres la sucursal de Dios en la tierra, pero eso no significa que yo lo piense, o que me vaya a quitar las bragas, o cualquier otra cosa, así sin más, solo porque me hayas salvado, como si fuera un pájaro con el ala rota. Seguramente me has salvado porque no querías cargar con el muerto.

—¿Cargar con el muerto?

—Sí, ya sabes. No querías que alguien te denunciara o algo así. Ya sabes que eso pasa todo el rato…

—¿Ah, sí?

—Pues sí.

—A ver, ponme un ejemplo.

—Vale, bueno… ahora mismo no se me ocurre nada, pero sé que la gente lo hace. Mi madre siempre dice que no me lleve a nadie a casa porque si se emborracha y luego tiene un accidente con el coche, te podrían denunciar.

—¿Tu ejemplo es tu madre hablando de una cosa que podría ocurrir o no?

—Pues sí, hablo de mi madre. Es un ejemplo de algo que me ha dicho ella.

—¿Te gusta tu madre?

—¿Qué? ¿Pero qué clase de pregunta es esa? Pues claro que me gusta mi madre, chiflado.

—Vale… solo quería estar seguro.

—¿Por qué? ¿Es que a ti no te gusta la tuya?

—Sí, claro que me gusta. Se pasa la vida ayudando a la gente, sobre todo a… chicos con cáncer, y pobres, y esas cosas. Es guay, la verdad.

Supongo que este es su modo de intentar mostrarme que tiene corazón y que debería gustarme por ello, pero no pienso morder el anzuelo.

—Ya. Bueno, yo solo quiero decirte que sé que te has enrollado con Becky, y que si lo que andas buscando es una triple o doble, o lo que sea, no lo vas a conseguir.

—¿Una doble?

—Sí, ya sabes. Plato de segunda mesa.

—No he hecho nada con Becky.

—Ya, claro.

—¡No hemos hecho nada!

—Venga ya.

—¡En serio! La tía se me ha insinuado y he tenido que decirle que no me molaba. Que es la novia de mi hermano pequeño y todo eso.

—No te creo.

Él se encoge de hombros.

—De todos modos, no es tu amiga.

—¿Por qué dices eso?

—Porque esa chica no es amiga de nadie. Es un dragón con una envoltura mona.

—Eh… bueno, ¿y cómo sabes que yo no soy igual que ella?

—Yo no he dicho que seas mona.

Supongo que Jared puede ver el vapor que me sale por las orejas.

—Muchas gracias. Creo que ya me voy…

—Creo que eres una tía legal.

Esa frase me detiene.

—Creo que eres una tía legal que además está muy buena.

—Mira, guapo, yo no sé que clase de chorradas les dices a las chicas para que se te tiren a los pies, pero quiero que sepas que yo no he nacido ayer así que ahora me voy a marchar y te aconsejo que te guardes la frase para la siguiente idiota que se la crea.

Y me voy hacia la puerta, pero antes de abrirla le oigo decir:

—Adiós, tía legal.

Veinte

La primera persona a la que veo nada más abrir la puerta es, cómo no, a Becky.

—Estás muerta, tía.

La fiesta se ha ido apagando y ella da la vuelta para dirigirse a la puerta, así que tengo que darme prisa para alcanzarla.

—¿Qué? ¡Pero Becky, si te estaba cubriendo las espaldas!

—Mira, inmigrante, no sé qué narices te está pasando últimamente, pero se te está subiendo a la perola.

—¡Pero tía, si lo he hecho por ti! ¿Qué estás diciendo? Brad había subido la escalera. Era el *Titanic* derechito al iceberg.

—¿Y por eso has tenido que largarte con Jared?

—¡No me he largado con él a ninguna parte! Fue él quien me subió en brazos, y todo para que no te pillaran a ti, ¿sabes? He hecho que me desmayaba para que no te pillara.

Becky se para en la puerta. Si me sigue dando la espalda, mi vida se va a convertir en un infierno, lo sé.

—¿Qué te ha contado? Habéis estado ahí metidos mucho tiempo.

—Nada en realidad. Ha estado… hablando de ti todo el rato.

Un par de segundos de silencio.

—¿Ah, sí?

·—Sí. La verdad es que ha sido una pasada, tía. Está… no sé, obsesionado contigo.

De repente tira de mi brazo, me arrastra fuera y nos paramos debajo de un roble inmenso decorado profusamente con papel higiénico. El césped es un parterre de latas de cerveza.

—Quiero que me cuentes palabra por palabra lo que te ha dicho.

—Bueno… pues no sé… que eres muy guapa y que ojalá no estuvieras saliendo con su hermano. Que te llevaría al baile de graduación.

—¿Qué? ¡No!

—En serio. Para él es como si fueras modelo de pasarela, o algo así.

—Bueno, ya sabes que hice esas fotos para el catálogo hace un mes —responde, casi más para sí misma que para mí—. ¿Crees que debería romper con Brad?

—¿Cómo?

Creo que todos los que quedaban en la fiesta están saliendo ahora por la puerta.

—Para poder salir con Jared, digo.

—Eh… no sé… creo que no funciona así.

—¿Cómo que no? ¡Pero si acabas de decir que le gusto!

—¡Y le gustas! O sea, que le gustas un montón, pero… no puede salir contigo, aunque rompieras con Brad. Sería una pasada. No puedes salir con la ex novia de tu hermano. Sería… incesto o algo así.

Ahora todo el equipo de fútbol, incluido Brad, está saliendo por la puerta de la casa. Chip Rider está echando la pota en el cubo de basura de la esquina. Será cerdo.

—Oye, inmigrante… no estoy cabreada contigo. Estaba… molesta porque Jared te había salvado o algo así. Pero tienes razón: no le gustas. No te molestes, pero eres una mestiza o algo así. No te lo tomes a mal.

—Sí… no. O sea… sería una locura.

—Y has estado genial evitando que me pillara.

—Gracias. Bueno, ¿para qué están las amigas?

—¿Un abrazo?

—Vale.

Y ahora estoy abrazando a Darte Vader mientras Chip, en segundo plano, cree que ha terminado de echar la pota, pero no, así que va andando echándosela en el jersey.

—Eres una buena amiga, Anika.

No sé cómo no vomito yo también.

Veintiuno

No me ha pasado desapercibido que los únicos dos tíos en el universo a los que parezco gustarles quedan completamente fuera de mi alcance por razones completamente distintas. Este mundo es la leche, ¿verdad? Logan queda excluido porque es un paria social que acabaría arruinándome por completo si alguien se enterara de nuestros viajes en moto y de las salidas nocturnas, y Jared Kline es un tío frío como el hielo, pero que está como un queso. Puede que sea el más fascinante de toda la ciudad, o incluso del estado, y si Becky se enterara de las cosas que me estaba diciendo en aquella biblioteca tan relamida, me echaría a los lobos untada de mantequilla.

Por supuesto, a Shelli no puedo contarle nada de todo esto. Sé que se iría de la lengua. Se le olvidan las cosas, o no las recuerda como eran. Por ejemplo, sigue sin enterarse de cuánto dinero estamos robando. No sé qué narices le pasa. ¡Si lo único que hay que hacer es quitar la cantidad cuando va a cobrar! Pero, cada vez que le dan monedas sueltas, o un billete de diez o de veinte, se hace un lío con los números. No es que la esté llamando estúpida, porque no lo es, pero desde luego los números no parecen ser su fuerte. El problema es que no podemos robar con Tiffany. Tenemos que ser solo Shelli y yo, aunque tengo la sospecha de que a Tifanny se le darían los números mucho mejor que a ella.

Además, todo el mundo miraría a Tiffany, porque la gente de esta ciudad no es más que un puñado de palurdos, siempre con los mismos pantalones estilo chinos, que piensan, pero lo piensan de verdad, que porque Tiffany es negra está predispuesta genéticamente a robar todo lo que haya a su alrededor. O sea, ridículo.

Shelli no está hoy porque es domingo, y la loca de la Biblia de su madre no le deja trabajar en el día del Señor, con lo que solo las pecadoras, es decir, Tiffany y yo, trabajamos en este día santo y arderemos juntas en el infierno. No voy a enseñar a Tiffany a robar. De ningún modo. Me parece de verdad una buena chica, y lo último que quiero es ayudar a alguien de esta ciudad, de lo muchos estrechos mentales que hay, a que se reafirme en sus mezquinas presunciones sobre el color y el ladronicio.

Pero resulta tentador.

Hace un rato vino un montón de gente, pero ahora esto parece una ciudad fantasma. El señor Baum está abajo, haciendo inventario, así que estamos solas Tiffany y yo, charlando. Más o menos.

—Tu madre es un encanto.

Tiffany ha visto a mi madre en el restaurante mientras me espera para llevarme a casa. Es cierto que ha hecho un esfuerzo especial por ser agradable con Tiffany para que no la tome por racista, aunque en el fondo, sinceramente, yo creo que lo es. No te ofendas, mamá, pero se supone que eres normal. No mejor, ni tampoco peor. Solo normal.

—Sí. Es una buena madre. Mucho mejor que mi padre, desde luego.

—Por lo menos tú tienes padre.

Uf. No me había dado cuenta de que Tiffany y su madre están solas. Eso explicaría por qué la mitad de las veces nadie viene a buscarla y acabamos acercándola mi madre y yo. Es un latazo porque vive en un edificio de pisos en la autopista ochenta, que queda completamente al otro lado de donde está nuestra casa, de manera que tardamos media hora más en llegar, y es mucho después de todo un día de vender Bunzas y papas fritas a una familia y otra y otra de personas con la piel de color béis.

Estaría molesta de no ser porque no puedo evitar sentirme culpable al ver dónde vive. No tiene club de campo, eso seguro. Siempre hay un par de camiones aparcados delante y uno o dos montones de chatarra con ruedas a los que no pueden quedarles más de un par de viajes. Los días en que su madre no aparece, Tiffany echa a correr desde nuestro vehículo y entra en el edificio sin que mi madre ni yo sepamos qué decir.

Y, ¿qué se supone que deberíamos decir? ¿Siento que tu vida sea una mierda? ¿Siento que tu madre nunca se acuerde de recogerte? ¿Siento que no haya un padre que colabore en esta situación?

Yo no he visto ni una sola vez a su madre. Se queda siempre fuera, dentro de su vehículo, y toca el cláxon. Es un Pontiac color rojo oscuro que no está mal, la verdad. Pero es raro que nunca entre ni nada. Debe de ser guapa, porque Tiffany tiene unas facciones delicadas, casi como las de una muñeca de mofletes regordetes, para no hablar del color de su piel, un oscuro caoba que parece que lo iluminasen desde atrás. Me pregunto cómo será crecer en ese destartalado edificio sin un padre ni prisa por tenerlo. Hay mil preguntas que me gustaría hacerle, pero todas sin excepción me harían quedar como una tonta.

Por ejemplo: tenemos una comida gratis por turno aquí, en el Bunza Hut. Shelli y yo no la aprovechamos porque hemos tomado todo lo que hay en el menú ochocientas veces, y si tuviera que comerme algo más del menú Bunza en un Bunza, creo que me haría el haraquiri. Pero me he fijado en que Tiffany se lo come a diario, metódicamente, como un reloj, batido de fresa incluido. Y cuando cree que nadie la ve, se come cualquier cosa que caiga en sus manos, y pesa apenas lo que una mosca, lo que me hace pensar que, o en su casa no hay comida, excepto a lo mejor unas papas fritas y algún bollito industrial, o tiene el metabolismo de una adicta a la coca o al crack. No estoy segura. En cualquier caso, no puedo evitar preguntarme si no podría hacer algo al respecto. O sea, ¿y si de verdad no tiene nada que comer en su casa? Si la consistencia con que su madre compra comida tiene algún parecido con la consistencia con que acude a buscarla al trabajo, Tiffany tiene problemas de los gordos.

—Oye, ¿te apetece venir a cenar a mi casa el viernes por la noche?

Lo he dicho antes de siquiera ser consciente de que voy a decirlo. Qué estupidez. ¿Y si piensa que me da lástima?

—Vale.

—Podemos recogerte.

—Ah, genial. Me parece bien.

Y esto es todo, amigos. Acabo de invitar oficialmente a la única persona negra de Lincoln, Nebraska, a cenar en mi casa con el ogro, mi madre, Henry el cabreado, Robby el feliz, las dos zorras de mis hermanas y yo este viernes. Me pregunto si mi madre preparará una cena estilo bufé o si sacará la vajilla buena y se comportará como si fuera Carol Brady.[3]

---

3.   Protagonista femenina de La Tribu Brady. N. de la T.

Veintidós

Mi padre suele llamar siempre a horas tan intempestivas como las siete de la mañana, porque la mitad del tiempo está en Rumanía y allí van como ochocientas horas antes que nosotros, así que para él es de noche y, para mí, demasiado temprano. Únelo al hecho de que solo me llama para echarme la bronca y ya tienes la herramienta perfecta para arruinarme el día entero.

—¿Qué es eso que dice tu *madrrre* de una B en *educatsión* física?

—No sé. Es que…

—Es una *asiñatura* ri-di-cu-la, *piro* aun así, contará en tu *etspediente*.

—Bueno, es que…

—Oye, no *penzo* criar a una hija que termine *discalza y embaratsada* viviendo nada menos que en Nebraska. Sería un destino *mi-ze-ra-bi-le*.

—Ya lo sé. Es que…

—Tienes que sacar buena nota para poder ir a *univerchitat* buena en Este, y allí mejorar tu capital *sotsial* trabajando con gente que tenga padre que no sea obrero de *contrutsion*.

—Lo sé.

—¿Quieres terminar vida como tu *madrrre*, con *coefitsiente* intelectual de ciento *sesentados*, y sin nada que hacer? ¡Ciento *sesentados*! ¿Puedes creerlo? Y mira dónde está. ¿Eso quieres?

—No, papá.

—Esto es lo que debes hacer. Busca ese profesor *insiñificante* después de clase, y pide consejo a él. A la gente gusta sentirse importante, y esto hará sentir importante.

—Bien.

—Luego, sigue consejo al pie de letra, todos *ditalles*, y luego, cuando hayas mejorado, dile gracias por su sabiduría. Te pondrá una A. Confía en mí. *Pinsará* que su trabajo de diecisiete mil dólares año es importante. ¿Entiendes?

—Sí.

—Bien. Ahora, dale *tiléfono* a tu hermano.

Mientras vuelvo a mi habitación, oigo a mi hermano suplicando por su vida:

—Sí, papá. Un nueve con ocho. Pero he hecho un trabajo extra, así que subiré a nueve con nueve… no, a nadie le ponen un diez. Estoy entre los mejores. Sí. Un nueve con nueve es lo mejor.

Me pregunto si mi padre es consciente del terror que nos producen estas llamadas de Rumanía a las siete de la mañana. O sea, que no sé por qué mi madre nos pone al teléfono. Podía recoger ella el mensaje y así no tendríamos que empezar el día asustados y temblando delante del cuenco de cereales. El corazón tarda dos horas en volverme a funcionar. Para cuando llego a cuarta hora, o sea, a clase de educación física, casi he logrado liberarme del yugo de tanto miedo y repugnancia.

En estas, llega el señor Gil. Sí, así se llama. Señor Gil. Gilipuertas. Gilipollas, los más osados. Por todos ellos se lo llaman, por supuesto, a sus espaldas.

Está en una forma estupenda para ser un tío ya entradito en años, pero lo gracioso es que siempre lleva unos pantalones cortos de esos de atletismo, pero muy muy cortos, tanto que casi se le asoma ya sabes qué por delante. Menudo idiota. Y encima el tío se cree que es un regalo de Dios a la humanidad, y en particular, a las mujeres. Sí, en serio. Se imagina que es uno de esos dioses griegos en pantalones cortos que está temporalmente entre nosotros los adolescentes para enseñarnos lo importante que es correr los cincuenta metros. El problema, y la razón por la que me ha puesto una B, es porque no lo trago.

Y ahora, según el vampiro, tengo que fingir que me mola. Echar el anzuelo, recoger el hilo y a la cesta. Qué vergüenza.

—Tengo que hablar con este gilipuertas.

Shelli está en esta clase conmigo. Menos mal. Por lo menos podemos sentarnos en la última fila y reírnos un rato mientras el tío de los mini pantalones se lanza a uno de sus monólogos sobre el espíritu de equipo o lo que sea que esté contando.

—¿Qué? ¿Por qué?

—Dice mi padre que tengo que hacerlo.

—¿El ogro o el vampiro?

—El vampiro.

—Ah.

Hasta Shelli se da cuenta de que es algo serio.

—¿Crees que debería hacerlo ahora?

—No sé. Los pantalones de hoy son la leche de cortos. ¿Y si se le sale la salchicha e intenta morderte?

—¡Qué ascazo! ¿Crees que tendrá novia?

—Sí, ya. Y se llama Rossy de Palma.

—Vale. Allá voy.

Lo último que quiero hacer es hablar con este tío, pero ¿qué otra opción tengo? Si no lo hago, acabaré descalza y embarazada viviendo en una caravana con un tío llamado Cletus.

Su despacho tiene paredes de cristal y está justo detrás del gimnasio. Está haciendo algo con unas fichas y parece confuso.

—Eh… ¿señor Gil?

No me oye.

—Señor Gil, ¿puedo hablar con usted un momento?

—¿Qué? Ah, hola. Sí, ¿qué puedo hacer por ti, eh…?

No se acuerda de cómo me llamo.

—Anika. Me llamo Anika.

—Ah, sí. Cierto. Lo sabía. Bueno, ¿y qué puedo hacer por ti, Anika?

—Pues es que quería hablar con usted sobre mis notas de la última evaluación. Saqué un Notable.

—¿Y?

—Pues que quería saber si podría darme algún consejo, ya que todo el mundo dice que es usted uno de los mejores profesores, y yo... bueno, que he pensado que a lo mejor podría darme un consejo para mejorar y poder sacar un Sobresaliente.

—No todo es cuestión de Notables y Sobresalientes.

—Señor Gil, es el primer Notable que me ponen en mi vida. No puedo sacar menos, ¿sabe?

—Entiendo.

—Y quería preguntarle qué puedo hacer para mejorar en Educación Física; por eso le he preguntado a usted, que es un profesor que parece tenerlo todo muy claro.

¿Todo muy claro? ¿Quién dice eso? ¿En qué me estoy convirtiendo?

—De acuerdo. Vamos a ver, Anika. Lo que tienes que hacer es esforzarte. Tienes que pensar que, cuando te parezca que no hay esperanza, cuando ya no puedes más en los quinientos metros, tienes que dar no el cien por cien, sino el ciento diez por cien. ¿Entiendes lo que quiero decir?

Qué idiota.

—Sí. Sí que lo entiendo, señor Gil, y le doy las gracias por sus palabras. Significan mucho para mí.

Él asiente y pone cara seria y tranquilizadora. Una cara que solo ponen los tíos. Una cara de soplagaitas que me he dado cuenta que también usan los políticos cuando quieren decir *¡Así es como se hace, y podemos hacerlo!*

Los tíos están tan llenos de chorradas.

Bueno, ahora de vuelta con Shelli.

—¿Qué te ha dicho?

—Que su salchicha quiere conocerte.

Veintitrés

La madre de Shelli la ha venido hoy a recoger porque va a llevarla directamente a *Spring Youth*. *Spring Youth*, ¿te lo puedes creer? Si no sabes lo que es, imagínate esto: veintitantos chavales van a casa del líder de su grupo a comer galletas, beber ponche y cantar canciones. Las canciones están previstas, y se las dan escritas a mano en un papel para que puedan leerlas mientras cantan. La líder, o su marido, toca la guitarra. Todo muy divertido y todo el mundo se lo pasa de maravilla. Entonces el líder, o un portavoz de entre los invitados, se levanta y habla de Jesucristo nuestro Señor y Salvador y, al final de cada sesión, si quieres puedes levantarte y decir: *me llamo tal y Jesucristo es mi Señor y Salvador.*

¿Que cómo lo sé? Pues porque he asistido a una de estas fiestecitas y sé de primera mano que resultan bastante divertidas hasta que el nerdo de turno, es decir, el líder particular de la *Spring Youth*, se levanta y empieza a hablar de Jesús. Deberían limitarse a las canciones y el ponche.

En cualquier caso, hoy es el día en que le toca a Shelli ponerse de pie y manifestarse como cristiana, aunque estoy segura de que no otorgarán premios por el número de tíos con los que te lo hayas hecho al lado del gimnasio.

Lo gracioso es que en *Spring Youth* hacen un viaje anual de esquí que resulta mucho mejor que el del instituto, así que me he pasado toda una semana con ellos esquiando en Steamboat Springs, Colorado, escuchando lecciones sobre nuestro Señor y Salvador Jesucristo del nerdo que ya conocía o de otros similares y variados, escogidos en el medio oeste. Hay una característica común a todos ellos, y es que ninguno parece tener nada mejor que hacer.

Básicamente, si estuviéramos haciendo un casting para una peli y buscásemos el actor que interpretara el papel de solitario silencioso, uno de esos que un buen día sale de su casa y se lía a tiros en el Taco Bell, todos estos tíos darían la talla. Ellos y sus acólitos. Gracias a Dios que encontraron todos a Jesús, que si no, tendríamos problemas.

Tengo que decir que al final de esa semana de esquí, oyéndolos hablar de Jesús y cantando canciones *Folk* en la sala de conferencias de madera ubicada en el centro del complejo… me sorprende que no haya terminado yo poniéndome de pie también para decir que había encontrado a Jesús. Estoy segura de que debía andar por allí.

Pero ahora le toca a Shelli ser adoctrinada, así que esta tarde tengo que andar cuatro manzanas yo sola antes de que Logan se presente con su moto y me salve del aire frío de octubre. Y cuando digo frío, quiero decir helado. Pero cuando Logan aparece en la esquina, no parece contento. Me mira con su carita de perro apaleado.

—¿Qué?

—Nada.

—Te pasa algo, así que…

—Es que… no sé. He oído por ahí que estás con Jared Kline, ¿Es verdad?

—¿Qué? No. ¿Estás de coña?

—Es que… todo el mundo dice que te fuiste de la fiesta con él.

—¡Será posible! Es la mentira más gorda que he oído nunca. ¿Quieres que te explique lo que…

—Mira, no me importa…

—¡Es que no es cierto! Jared Kline es único contando trolas, y todo el mundo lo sabe. ¿Crees que me voy a colgar de un tío así?

—Yo qué sé.

—¿Cómo que yo qué sé?

—¿Crees que quiero colgarme de Jared Kline, que se líe conmigo, que luego me deje y ser el hazmerreír? Pues mira, no.

—Sí, pero ¿y si resulta que le gustas de verdad? ¿Te gusta él a ti?

—Logan, ¿de qué narices estás hablando? Me escapo de mi casa para verte a ti. ¿No te dice nada eso?

—No sé. A lo mejor solo buscas que te lleven a casa.

—Sí, ya. Y no se me ocurre nada mejor para conseguirlo que descolgarme por un árbol en plena noche para quedar contigo.

Por fin me mira.

—Lo siento. Es que yo… me gusta… me gusta estar contigo y eso… y cuando lo oí pues… no sé. Se me fue la olla.

De pronto se oye ruido de hojas y una chica nos ve cuando se supone que aún nadie puede vernos. No queremos que nos pillen porque nadie sabe nada de lo nuestro aún. Y yo, la verdad, espero que nadie lo sepa durante un tiempo. Es que… es que no sé muy bien cómo actuar. Cómo planteárselo a Becky. Es como una partida de ajedrez: demasiadas piezas.

Y de repente, de entre los árboles, aparece.

Stacy Nolan.

Uf. Al menos no es la que no debe ser nombrada.

—Ejem. Hola.

—Hola, Stacy. ¿Qué hay?

—Bueno, es que… he oído hablar a alguien aquí detrás y…

—¿Ibas para tu casa?

—Sí.

Mierda. Ahora voy a tener que irme con ella o admitir ante otra persona que sea Shelli que me dejo llevar por Logan en su moto. No me mola nada. Cuanta más gente lo sepa, antes se enterará Becky.

—Eh… puedo ir contigo, si quieres.

—Sí. Genial.

Logan me mira. No le ha hecho ninguna gracia, pero ¿qué iba a hacer yo? Al fin y al cabo, no estamos al cien por cien juntos. Sí, vale, nos pasamos notitas y hemos salido unas cuantas veces. Incluso nos hemos liado un par de veces. En serio. Sé que llevas la cuenta, pedazo de pervertido, pero por ahora no hemos pasado de besarnos y poco más en un par de ocasiones. Logan no parece tener prisa, algo que a veces me molesta un poco.

Y luego está el rollo este de Jared Kline. Vamos, que es verdad que el tío es un hacha inventándose trolas, sí, pero... y esto es lo que no quiero admitir ni siquiera ante mí misma: si Jared estuviera locamente, apasionadamente, perdidamente enamorado de mí... estoy casi segura de que yo acabaría teniendo que enamorarme de él también un poco. Vale, un poco no; mucho. Cuando estuve con él en ese despacho de caoba... me sentía como en una especie de nave espacial. Es que no me pareció que fuera como todo el mundo dice que es. Me pareció... no sé. Dulce, o qué sé yo.

El problema con todo esto es que, básicamente, es soñar despierta.

No te voy a mentir: soy la reina de los que sueñan despiertos. Por ejemplo, en el Bunza Hut, cuando nos pasamos ocho horas del tirón mirándonos las uñas y recalentando papas fritas, es solo cuestión de tiempo que empiece a pensar cómo sería vivir en Islandia, o si existe la posibilidad de que me case con un duque, o de que acabe viviendo en uno de esos sitios del Pacífico Sur, una isla cuya existencia desconozca todo el mundo menos los que viven allí. Cosas así. Ahora entenderás por qué tengo que robar: para mantenerme concentrada.

Logan decide marcharse y Stacy camina a mi lado en la larga marcha fúnebre hasta mi casa en esta gélida tarde y, francamente, resulta un poco raro. Ni ella ni yo sabemos qué decir.

—¿Sabes? Quería decirte algo...

—¿Ah, sí?

—Que lo que hiciste por mí fue increíble. Poca gente habría hecho algo así. En serio.

—No fue gran cosa.

—Sí que lo fue. Créeme.

—Ni siquiera era verdad, así que espero que te sirviera.

—¡Lo sé!

Vamos subiendo la cuesta. Pasamos fila tras fila de casas del extrarradio, y ahora se ve nuestra respiración. Es obvio que mis padres quieren matarme.

—Es raro, ¿verdad?

—¿El qué?

Estoy a punto de empezar a soñar despierta, así que más vale que hable pronto.

—Pues que... ¿no te has preguntado quién propagó ese rumor?

—Pues sí. No lo sé.

—Yo sí que me lo he preguntado, ya te imaginas.

—A ver, vamos a pensar. ¿Tienes enemigos?

—¿Qué quieres decir?

—No sé. Que si le has hecho alguna putada a alguien, una de esas que no te das cuenta hasta que es demasiado tarde ya.

—Mm... déjame pensar.

Seguimos andando y ahora me estoy empezando a congelar de verdad.

El sol se está poniendo al otro lado de los árboles escuálidos y negros, y las hojas que hay en el suelo, rojas, marrones, naranjas, huelen a quemado. Hemos dejado atrás la casa de Shelli, y no puedo evitar preguntarme si ya será una cristiana nacida de nuevo.

—Alguien, no sé. Puede que haya sido una tontería.

—Es que... es que yo no soy como tú. La gente no se fija en mí. Les da igual lo que haga. Es como si fuera invisible, o algo así.

—¿En serio?

—En serio. Sé que te va a sonar raro, pero con lo de este lío ha sido la primera vez que la gente del instituto se ha enterado de que existo.

—Imposible.

—Qué va.

Lo cierto es que está diciendo la verdad, y yo ni siquiera sé por qué. No sé quién dicta esas reglas no escritas sobre quién tiene que importarte y quién no. Es como tirar espaguetis contra la pared: nadie puede saber lo que se va a pegar.

—Bueno... yo sabía quién eras.

Lo que he dicho no sirve de nada, pero ¿qué otra cosa podía decir?

—Gracias. De todos modos, me has salvado el cuello, y no lo olvidaré.

Seguimos caminando mientras hablamos y el sol está a punto de hundirse del todo. La regla no escrita dicta que yo no voy a invitarla a mi casa ni ella a la suya, y eso está bien. No se puede ser amiga de todo el mundo. Además ahora piensa que soy una buena persona, y no tengo entrañas para decirle que por dentro soy estofado de arañas, así que prefiero mantenerla a distancia para que no se entere nunca.

El ruido de la moto de Logan se oye en la distancia y pienso… que me sentiría mal desilusionándola.

Veinticuatro

Esta cena va a ser la más incómoda de toda mi vida. En serio. No sé en qué narices estaba pensando.

Como era de esperar, mi madre piensa que es el mayor acontecimiento de la historia, y que yo soy como Madre Teresa o algo así solo por invitar a *la chica negra* a cenar a casa. Resulta muy raro. Es como si de alguna manera le hubiera dado a mi madre la oportunidad de ocuparse de algo por primera vez en toda mi vida. Es como si se hubiera puesto hasta las cejas de café, o algo así.

Va revoloteando por la cocina, haciendo esto y aquello, poniendo este plato y aquel, pidiéndome que trocee esto y aquello. Se diría que está poseída. Incluso las odiosas de mis hermanas se han dado cuenta, y no les ha hecho ninguna gracia. En particular, a Lizzie, que está lívida. Así fue la conversación:

—Mamá, Neener y yo hemos quedado, así que...

—¡Ah, no! ¡Esta noche, no! Esta noche tenemos una invitada muy especial a cenar, y las dos os vais a sentar ahí y a comportaros de maravilla. Lo digo muy en serio.

—¿Una invitada muy especial? ¿Pero qué es esto, *The Tonight Show*?

—No, cariño. Tu hermana pequeña ha hecho algo maravilloso. Se ha acercado a alguien, a una persona a la que seguramente nadie lo haría, y le ha tendido la mano.

Elevo la mirada al cielo en busca de guía, pero solo veo el techo de la cocina.

—Madre, ¿se puede saber qué te pasa?

—¿Sabéis una cosa? —continúa ella—. Pues que me gustaría que trataseis las dos a vuestra hermana con algo más de respeto, porque si abrierais los ojos de verdad, veríais que es una gran persona.

Pero Lizzie no está abriendo los ojos, sino poniéndolos casi en blanco.

—¿Pero quién es? ¿Una sin techo?

—No, Lizzie. No es un sin techo. Es una jovencita encantadora afroamericana.

—¿Es negra?

—Sí, cariño. Es negra.

—¿Dónde ha conocido a una chica negra? Creía que en Nebraska no había.

—En el Bunza Hut —respondo yo en voz baja.

—¿En serio?

—Sí —interviene mi madre—. Va a Lincoln High, así que no es precisamente de los barrios buenos, pero es una chica muy dulce, y es posible que su madre no le dé de comer.

Lizzie me mira. Ay, Dios, si las miradas pudiesen matar.

—Doña perfecta ataca de nuevo.

Neener no dice nada. Se limita a copiar el odio de Lizzie colocándose detrás de ella. Si mi madre no estuviera aquí, me habrían tirado al suelo en un par de segundos para escupirme en la cara. Pero mi madre no lo permitiría.

—Ahora bajad y poneos algo apropiado para cenar.

—¿Qué le pasa a esto?

Lizzie se mira su último uniforme: vaqueros y la camiseta de un concierto encima de una camiseta térmica de ropa interior.

—Lo que le pasa es que no vamos a cortar leña sino que vamos a tener una cena preciosa, en una mesa preciosa, con nuestra preciosa porcelana y nuestro mejor comportamiento.

—Jesús...

Neener y ella bajan las escaleras murmurando algo así como:

—¿Y todo esto por una chica negra?

Yo me quedo y ayudo a mi madre a cortar las zanahorias.

—A ver, cariño, quiero que las cortes a la larga y muy delgaditas porque son zanahorias en juliana. El secreto está en el zumo de naranja.

Pero ahora tenemos problemas porque llega el ogro.

—¿Qué es todo esto?

—Tenemos una invitada especial esta noche. Cenamos a las siete. En punto.

—¿Por qué tan tarde?

Estamos hablando de un tipo que todos los días ha acabado de cenar a las seis y media. Justo a tiempo de ver *La rueda de la fortuna*.

—Por favor... cenamos a las siete. Solo eso.

—¿Y quién es?

—Una chica del trabajo de Anika.

—¿Del Bunza Hut? ¿Y qué tiene eso de especial?

Ahora llega Henry, con el archivador bajo el brazo, y se asoma a ver qué hay en el horno. Henry nunca dice nada, pero cuando lo hace, es como cuando suena la campana gorda.

—Es negra.

Y se pierde hacia su habitación para seguir estudiando.

Dios, estudia como si no hubiera un mañana. Si no logra que lo acepten en Harvard, vamos a tener que turnarnos para vigilar que no se suicide.

—¿Todo esto por una jodida negra?

—¡Wade!

—¿No te parece demasiado?

—Wade, no hables así en esta casa. Te lo digo en serio.

—¿Qué he dicho?

—Lo sabes perfectamente.

—¿Te refieres a jodida...?

—Wade, en serio. Ya sabes lo que pienso de eso. ¡Y menos delante de los chicos!

Él se echa a reír.

—Dios, ¿dónde está tu sentido del humor?

Entra en la cocina, abre el armario, engancha una bolsa de palomitas dulces y hunde en ella su puño de excavadora.

—¡Y no comas entre horas!

—Sí, mi ama.

Sale y volvemos a quedarnos mamá, las zanahorias en juliana y yo.

—Siento que hayas tenido que oír eso.

—Mamá, noticias frescas: es un idiota.

Mi madre suspira.

—Vale, ahora tienes que poner la mantequilla, antes que el zumo.

Saca una sartén y la deja en la encimera y, en ese momento, decido un par de cosas. Una es... que jamás voy a cocinar para un tío que solo gruña y suelte tacos. Y dos: que el vampiro tiene razón. Si no saco sobresalientes no voy a poder salir de aquí, y si no puedo salir de aquí, me pego un tiro.

Veinticinco

Pedaleo rápido, rápido, rápido. Este es el momento. Este es el momento en que me acerco, y todo está inmóvil, todo está detenido y todo, los árboles, las hojas, la acera, todo contiene el aliento, a la espera.

Pedaleo rápido, rápido, rápido. Los árboles se inclinan intentando protegerme, intentando sujetarme, intentando evitar que llegue a ver. Las hojas y la acera que dejo atrás volando se hablan en susurros, diciendo no la dejéis ver no la dejéis ver no la dejéis ver. La señal de stop me ruega detente, vuelve, ve a casa, vuélvete a casa.

Pedaleo rápido, rápido, rápido. Este es el último momento en que voy a ser esta persona. Este es el último instante antes de que todo cambie, de que pase de rosa a púrpura y a negro, y que nada vuelva a ser nunca lo mismo, nada vuelva a ser lo mismo.

Veintiséis

La velada no va bien.

Pero no es lo que tú piensas. La única persona que se está comportando de un modo normal es Tiffany. Todos los demás están como alucinados. En particular, mi madre. Pero alucina bien, o al menos de un modo agradable. Se está comportando como la madre de *Déjenselo a Beaver*, June Cleaver. Lo está exagerando todo de un modo rarísimo. Ejemplo: «Wade, por favor, ¿serías tan amable de pasarme las zanahorias en juliana? Muchísimas gracias». Esta frase, en cualquier otro momento, sería: «¡Tú, las zanahorias!»

Pero mi madre, Dios la bendiga, está actuando de este modo y no sé por qué. Creo que está compensando porque en el fondo sabe que a nadie de los presentes en esta mesa le está gustando esta cena especial a la que la idiota de su hermana pequeña les está sometiendo.

Como por ejemplo mis cargantes hermanas mayores, que están las dos en un rincón de la mesa como dos murciélagos con mala leche esperando que llegue el momento para abalanzarse a picotear las entrañas de los presentes. Robby, mi hermano perfecto, es la segunda persona más normal. Se está limitando a comer y a esperar que los demás hagan su número con una sonrisa satisfecha y un punto divertida, lo cual no me sorprende, porque es su modo de lidiar con todo. Un buen día, la parca se presentará ante su puerta; él se encogerá de hombros y dirá: «Ah, sí. Vale. Lo he pasado bien. ¿Dónde vamos?».

Henry se está portando de un modo bastante raro, aunque eso no es nuevo, la verdad. Callado, sí. Taciturno, sí. De mirada ceñuda, sí. Si fuera Robby quien actuara así, llamaríamos a una ambulancia, pero este es el estado natural de Henry, así que nos quedamos tan tranquilos.

¿Y qué hay del ogro, te preguntas? Bueno, pues su modo de soportar esta insoportable cena es llenarse el plato con tanta comida como pueda y zampársela lo más rápidamente posible sin levantar la mirada, y si lo hace, mira a mi madre, pone los ojos en blanco, y sigue zampando puré de papas.

Pobre mamá.

—Bueno, Tiffany, quiero saber si os tratan bien a todas en el Bunza Hut. Se lo he preguntado a Anika varias veces, pero no consigo que me dé una respuesta clara.

—Mamá, ¿qué te crees que nos pueden hacer? Es el Bunza Hut.

—No está tan mal —la complace Tiffany—. Nos dejan tomar batidos.

—Ah, sí, ¿eh?

—Las sobras.

Silencio. Confusión.

Intervengo para calmar la situación.

—Los batidos se preparan en esos cacharros plateados y alargados, y siempre queda algo, así que nos lo tomamos.

Henry habla.

—¿Y no podríais hacer un poco más de batido simplemente?

—Ya lo hacemos. Los hacemos el doble de grandes para que, cuando alguien lo pida, podamos tomarnos nosotras uno gratis.

Me siento orgullosa de mí misma.

—Eso es robar.

Ha sido el ogro. Claro.

Tiffany se sonroja. Lo de robar no está en su repertorio. En el mío, sí.

—Espero que no estés abusando de ese privilegio.

Mamá siente la necesidad de transformar la información en una especie de lección vital.

—Vamos, mamá, que el tío es un tontoelculo. Y además tiene mucha pasta. ¿Has visto qué casa tiene en Sheridan? Y además, le dijo a Shelli que es una gorda.

Vuelve a intervenir Henry.

—Su casa de Sheridan vale un millón doscientos setenta y seis dólares.

Silencio.

Ahora habla Roby.

—¿A quién le importa cuánto valga?

—Mamá, el tío es un cerdo. Deberías ver cómo le habla a Shelli, cómo se pasa con ella. Es horrible.

Ahora, el ogro.

—¿Le paga un salario?

Ahora, mamá:

—Wade…

—He preguntado si le paga.

Dios, cómo odio al ogro.

—Sí, le paga.

—Entonces, es el jefe y puede hacer lo que le dé la gana.

Yo.

—Genial. Buena filosofía. ¿Y si lo que le da la gana es arrancarle la cabeza o liarse a mordiscos con sus piernas? ¿Eso también podría hacerlo?

Wade se encoge de hombros y los demás bajan la mirada al plato.

Suena el timbre. Todos nos sorprendemos menos Tiffany.

Mamá va a abrir la puerta y se mete cuanto puede en el papel de Doris Day.

—Buenas noches. ¿En qué puedo ayudarla?

Pero la persona que hay al otro lado de la puerta no está de humor para Doris Day.

—¡Tiffany! ¡Sal aquí ahora mismo!

Por supuesto toda la mesa, todo el conjunto de rivalidades fraternas y puyas, incluso el ogro, se vuelve a mirar.

La madre de Tiffany no está de buen humor. Y parece como si acabara de levantarse de la cama.

Con tan solo mirarla, el corazón se me hace pedazos por Tiffany. La meticulosa, dulce y ordenada Tiffany... puede que sea el resultado de lo que su madre tiene en casa.

—Sal aquí ahora mismo. ¡Vamos!

Tiffany está roja de vergüenza. Dios, ojalá pudiera evitárselo. Todos nosotros nos ponemos al instante de su lado. Puedo notarlo. Toda la familia, que tan molesta estaba de tener que aguantar esta cenita estilo *Déjenselo a Beaver*... pues ahora, todos hemos hecho piña con Tiffany como si fuera cosa nuestra.

Quédate a vivir con nosotros, Tiffany. ¿Qué es uno más? Incluso el ogro parece menos ogro. Se ha erguido. Quiere ayudar. Pero como todos los demás, está inerme.

Mamá intenta mejorarlo.

—¿Quiere pasar a cenar con nosotros? He hecho mucha comida y...

—Señora, yo puedo cuidar de los míos.

Mamá asiente. Veo que está pensando. ¿Qué otra cosa puede hacer? ¿Hay algo que se pueda hacer?

—¿Es que se cree que no puedo cuidar de mi familia?

—No, no. Por supuesto que no. Es que he pensado que quizás...

—Pues se equivoca, señora. ¡Vamos ya, Tiffany! ¡No lo voy a repetir!

Tiffany sale sin hacer ruido del comedor y baja las escaleras para ir junto a su madre. La madre, que la zarandea un poco, se coloca detrás de ella. Todos miramos.

—Por favor, nos gustaría que...

—Buenas noches.

Y con eso, Tiffany, con sus calcetines blancos subidos hasta debajo de la rodilla y su faldita azul marino, se marcha. Vuelve a aquel pequeño complejo de apartamentos de mierda con esa madre que se acaba de levantar de la cama, y los demás nos quedamos sentados, aturdidos.

Hay un largo silencio.

Mamá vuelve a la mesa y empieza a recoger los platos.

Lizzie y Neener me miran. Habla Lizzie.

—Oye, Anika, menudo mal rollo. No lo sabíamos.

—Yo tampoco, la verdad.

Silencio.

Habla Neener:

—Pobre Tiffany.

Habla Henry:

—A mí me ha parecido guapa.

Silencio. Si estuvieras buscando el silencio más denso y más raro de todo Estados Unidos, lo habrías encontrado allí mismo, en aquel comedor, entre la alacena de roble y la mesa de desayuno de madera de cedro.

Roby empieza a reírse.

—Ahí le has dado.

Ahora Lizzie y Neener empiezan a hacer ruiditos divertidos. ¡Ooooh! *¡Henry está enamorado!*

Y ya es demasiado para el ogro.

—¡De eso nada! ¡Ni se te ocurra, Henry! —le dice, señalándole con el dedo.

Por supuesto esto hace que Lizzie y Neener se vuelvan locas por completo y empiecen a reírse, a tomarle el pelo y a decir chorradas.

Robby limpia su plato con una sonrisa en la cara y Henry está del color de una langosta.

—Sois idiotas —dice Henry mientras recoge su plato moviendo la cabeza—. Os juro que como no entre en Harvard, salto de un puente.

Y se va a su habitación enfadado.

—¡Sí, un puente de amor!

Brillante comentario, cortesía de Neener.

El ogro eleva al cielo la mirada, se levanta y camina pesadamente hasta su dormitorio, donde se dejará caer en la cama de agua y pondrá a todo volumen *La rueda de la Fortuna*, luego *The Tonight Show* y, para terminar, el último telediario.

Yo digo:

—¿Qué es un puente de amor?

Mamá está guardando las sobras y me mira por encima del Tupperware. No tiene nada que decir. Solo me mira con la expresión universal para *lo hemos intentado*.

¿Qué es lo que hemos intentado? ¿Cenar con una persona negra? ¿Fingir que no somos una jaula de tarados? Hemos intentado estar menos centrados en nosotros mismos. Hemos intentado dejar de mirarnos el ombligo, dejar a un lado nuestras estúpidas obsesiones y ver a otras personas. Hemos intentado, por una vez, abrirnos. Hemos intentado no ser una familia más vagamente racista. Hemos intentado ser liberales. Hemos intentado ser buenos.

Hemos intentado ser todas aquellas cosas que... no somos.

Veintisiete

Hoy estoy encargada de montar la decoración para Halloween en el Bunza Hut. Hay dos esqueletos, uno para cada puerta, y un puñado de calabazas que supongo que harán turno doble: Halloween y el Día de Acción de Gracias. Para esta fiesta, llevan cara dibujada.

Shelli está detrás del contador retocándose los labios.

Los lunes por la noche hay siempre poco movimiento porque prácticamente toda la población de Nebraska es adicta al fútbol americano gracias a los Cornhuskers, pero la afición se extiende, por supuesto, a toda la Liga Nacional de Fútbol, así que las noches de los lunes son, prácticamente, fiesta. Sí, la gente llama por teléfono para hacer grandes pedidos que les llevamos a domicilio y que ellos comerán en el salón, o en la sala de juegos, o en la madriguera donde ven el partido con sus colegas, pero lo que suele pasar es que, en cuanto empieza el encuentro, se diría que ha llegado el final de los tiempos.

Esta noche juegan los Bears contra los Packers. Un partidazo. Además el encuentro va a partir el corazón de la ciudad en dos, porque básicamente Lincoln, Nebraska, es un hervidero de fans de los Packers y de los Bears. Sí, Chicago está más cerca, pero aquello está lleno de urbanitas y la mitad de la gente de aquí está emparentada con gente del norte, en Wisconsin. ¿Por qué piensas que todo el mundo en este estado es rubio? De hecho se podría llamar «Escandinavia 2: bugalú eléctrico», o quizás «Alemania 2... ¡esta vez, sin nazis!». En el instituto hay más o menos cinco apellidos: Krauss, Hesse, Schnittgrund, Schroeder y Berger, y no es raro tener un tío que se llame Ingmar.

Si quieres que te diga la verdad, yo voy con los Packers. Lo siento por todos los demás, pero en realidad lo que lamento es que los demás no seáis seguidores de los Packers.

Estos esqueletos no son nada fáciles de colgar. Primero porque pesan demasiado para sujetarlos con celo, y segundo, porque estas puertas de cristal están tan frías que no quieren que se les pegue nada. Shelli no me está ayudando.

—Creo que deberías largar al Logan ese.

Shelli siempre ha sabido usar las palabras de un modo especial.

—¿Cómo voy a lagarlo, si no estoy saliendo con él?

—En serio. ¿Y si se entera Becky?

—Da igual. Un momento… ¿Cómo se va a enterar?

—No sé.

—¿Se lo has dicho tú?

—¿Qué? No.

—Shelli, en serio: ¿se lo has dicho?

—No… no se lo he dicho.

—Pues no lo hagas. Aunque te pregunte.

—Ya lo sé.

—¿Puedes echarme una mano con esta birria de esqueletos? No se quieren sujetar.

Shelli suspira y se acerca, guardándose el lápiz de labios en el bolsillo, así que estamos colgando estos siniestros esqueletos que no resultan todo lo aterradores que debieran cuando ocurre.

—Ay, Dios.

—¿Qué?

—¡Anika! Ay… Dios.

—¿Pero qué pasa?

—Date la vuelta.

—En serio. Me estás asustando.

—Date… la… vuelta.

Lo hago. Y entonces es cuando lo veo.

Jared Kline se está bajando de su Jeep y viene derechito al Bunza Hut. Derechito hacia la puerta. Derechito hacia nosotras.

—¡Jesús, María y José! ¿Qué hacemos? ¿Qué hacemos?

—Haz como si nada. ¡Haz como si nada!

Shelli está temblando detrás de mí, y yo tampoco tengo las piernas demasiado firmes.

Jared nos ve mirándolo y nos saluda con la mano. Apenas la mueve. Casi es como si asintiera con la mano.

La puerta se abre.

—Eh.

—Eh.

Shelli observa en silencio mientras Jared tiene la mirada clavada en mí, y me clava las uñas en los brazos como si fueran mini cuchillas con forma de C.

—¿Mucho curro?

—Eh... bueno, supongo que todo el mundo estará viendo el partido, así que...

—Ah. Entonces he tenido suerte.

Las uñas de Shelli son ahora navajazos.

—¿A ti no te gusta el fútbol?

—Bueno.

Se encoge de hombros.

Esto hace de Jared el único tío de toda Nebraska que no adora al dios balón.

—¿Y a ti?

—No sé. A veces me divierte.

—¡Ajá! Déjame adivinar. Eres de los Packers.

—¿Qué? ¿Cómo lo has sabido? —le pregunto, sin poder contener la sonrisa. El tío me ha trincado, pero es tan zorro que a lo mejor estoy delirando.

—Porque es como si fuese el equipo del colegio. Como el equipo de la escuela.

—Vale. Me has pillado.

—¿Ah, sí?

Ahora sonríe él. Es bueno este tío. Sabe cómo hacer para que una chica se ponga colorada.

Shelli me da un codazo sin demasiada sutileza.

—Ah, te presento a mi amiga Shelli.

—Hola, Shelli.

—Hooola.

Shelli dice «hola» de un modo bastante raro. Como si intentases hacer hablar a un globo desinflado.

—Bueno, ¿puedo pedir algo de comer... o esto es solo una caseta de Halloween?

—Ja, ja. Muy gracioso.

Y dejamos a Shelli en la puerta peleándose con los esqueletos. Ahora estoy detrás de la caja registradora, añorando venir de una familia en la que los hijos no tienen que trabajar, como la de Jared.

—Estás guapa con ese uniforme.

¿Me ha leído la mente, o qué?

—¿Ah, sí? ¿No te parezco un huevo de Pascua?

—No. Estás que me dan ganas de pedirte que te cases conmigo.

¡Pumba!

Ha sido demasiado para Shelli, que ha dejado caer el esqueleto, la caja de adornos y el celo. Nos mira mortificada. Jared asiente y sonríe.

—Veo que este es un lugar peligroso para trabajar.

—Sí. Vale, ¿qué va a ser? ¿Papas fritas o...?

—Una Bunza con queso, papas fritas, Dr Pepper...

—¿Te gusta el Dr Pepper?

—Sí, soy un Pepper. ¿No te gustaría a ti ser una Pepper?

No puedo evitarlo, pero es que este tío me hace reír. Es divertido, lo cual es una sorpresa. Creía que era solo un capullo cabezahueca que está como un queso. ¿Pero esto? Esto es injusto.

—Y un batido.

—¿En serio?

—Sí, un batido. En lugar del Dr Pepper. Ah... y tú. Me gustaría salir contigo. El sábado por la noche.

Mierda...

—Eso no está en el menú.

—Lo sé. Ha sido una estupidez. Intentaba hacerme el listo.

Shelli está colgando los adornos cada vez más cerca de nosotros.

—Creo que tu amiga nos está espiando —me dice él en un susurro.

—Pues claro. Es que tienes pinta de delincuente.

Sonríe.

—Venga, ahora en serio. ¿Sales conmigo el sábado por la noche?

—¿Qué? No puedo. Nunca he salido con nadie. Ni siquiera sé si mis padres me dejarían.

—¿Y si hablo yo con ellos? Se lo podría pedir. ¿Y si me acerco a tu casa y le pido a tu padre con todo respeto que si...

—No es mi padre. Es mi padrastro.

—¿Le pido con todo respeto a tu padrastro y a tu madre que me concedan tu mano para una cita?

—Estás como una cabra.

Pero se lo digo sonriendo. La verdad es que no me puedo creer que me esté pasando esto. Si Becky estuviese aquí, se moriría.

—Creo que le gustas a mi amiga Becky.

—Tu amiga Becky es una persona horrible que se debe beber la sangre de los niños para desayunar.

—Vaya. No andas muy desencaminado.

Shelli nos está mirando desde detrás de una calabaza, y sus ojos tienen el tamaño de la calabaza.

—Vale. Entonces se lo pido a tu madre. Con todo respeto. Y a tu padrastro.

—¿Estás hablando en serio?

Da media vuelta y se marcha sin dejar de sonreír.

—¡Eh, espera! Te olvidas de...

Shelli me mira desde el otro lado del Bunza Hut. Sigue hablando en voz baja aunque estamos solas las dos.

—¡Anika! ¡Anika!

—Se le ha olvidado la comida...

—Anika. ¿Sabes lo que significa esto?

—¿Que va a volver?

—No. ¡No! Significa que... ¡creo que ahora eres la chica más popular del instituto!

Veintiocho

La valoración de Shelli de que ahora he pasado a ser la chica más popular está equivocada, y de largo, aunque resulta agradable oírselo decir. Agradable y halagador.

Lo que de verdad significa es que, cuando se entere Becky, se va a plantar en mi casa, me cortará las piernas, las pondrá sobre mi cara y a continuación me cortará la cabeza. Lo sé con la misma certeza que sé que el cielo es azul, las hojas de los árboles verdes y los deportes, aburridos.

Estoy intentando estudiar en mi habitación, lo cual es difícil cuando tienes la certeza de que la desmembración te aguarda en un futuro inmediato. Mi madre, en su modo Papá Noel, me trae galletas y un vaso de leche. Sé exactamente lo que me va a decir.

—Cariño, no estés levantada hasta muy tarde.

Lo digo al mismo tiempo que ella. Tiene razón. Tengo la mala costumbre de ir retrasando el momento de ponerme a hacer los deberes hasta que llega el último momento, el peor momento para ponerme a hacer lo que sea.

—¿Has sabido algo de Tiffany, cariño?

—¿Qué? Ah, no. No tiene turno hasta el miércoles.

—Vaya. Espero que esté bien.

—Yo también, mamá.

Se queda parada un momento.

—¡Ay, casi se me olvida! Te han traído algo. Espera un momento.

Sale y yo me muero de curiosidad. Nunca antes me han dejado nada. Es más: creo que nadie sabe exactamente dónde vivo.

—Ten. Parece un regalo.

Es una cajita. Terciopelo negro con un pequeño lazo blanco. El corazón me da un brinco.

—Bueno… ¿es que no vas a abrirlo?

—No sé, mamá. ¿Es un regalo tuyo?

—No. Qué va, hija. Vino alguien a traerlo. De hecho fueron los chicos los que lo encontraron en la escalera de la entrada.

—Qué raro. Bueno, allá voy…

Desato el lazo blanco y levanto la tapa.

Vaya…

Es un pequeño colgante de oro con mi nombre grabado en cursiva. *Anika*. En letra corrida.

—¡Qué bonito!

—¡La Virgen! Tienes razón. Ven que te lo pongo.

Mi madre me lo coloca y ahora miramos las dos.

—¿Sabes quién te lo manda?

—¿Qué? ¿Es que no había una tarjeta o algo así?

—No. Es un misterio.

Las dos volvemos a mirar el reflejo del colgante en el espejo. Es precioso. Es… caro.

—Bueno, anda, vete ya a la cama, ¿quieres? Tengo que ejercer de madre, ¿no?

—¡Vamos, mami! ¿Nadie te ha dicho nunca que eres una magdalena que se ha vuelto persona?

Mamá sonríe y se vuelve desde la puerta.

—Qué imaginación tienes, hija.

—Buenas noches, mamá.

—Buenas noches, tesoro.

Veintinueve

La primera persona del instituto que repara en el colgante es Becky. Claro.

—Es bonito. ¿De dónde lo has sacado?

—Eh… mi madre. Se le ocurrió que…

—Ya. Qué bonito. ¿Es tu cumpleaños, o algo?

—No. Dice que… que lo vio y pensó en mí.

—¿Que vio un colgante con el nombre de «Anika»? ¿Dónde? ¿En la tienda de Anikas?

—Lo que quiero decir es que vio estos colgantes para poner el nombre y que pensó en mí.

—Ah. Ya.

Shelli está a mi lado. Sabe que estoy mintiendo. Lo siente.

—Es alucinante. Ojalá mi madre hiciera algo así…

—Shelli, el único colgante que te va a regalar tu madre es un Cristo en una cruz.

Becky, como siempre, dice la verdad.

—No te preocupes, Shelli. Te lo regalaré yo.

Shelli me sonríe. Sabe que estoy con ella. Que estamos en esto juntas.

—Tías, ¿por qué no os alquiláis una habitación?

A Becky le pone enferma que Shelli y yo estemos unidas. Ella quiere dividir y conquistar, sea como sea. Está trastornada. Suena el timbre y todo el mundo se pone en movimiento, cada uno en una dirección, como si estuviéramos todos locos y, por supuesto, me tropiezo con Logan.

—¿Has recibido el colgante?

—¿Qué?

Miro a mi alrededor para asegurarme de que nadie está tomando nota de este encuentro.

—Que si has recibido el colgante. Te he dejado un regalo. En tu casa.

—¡Ah, eso! Sí, claro, aquí está. Lo llevo puesto.

No sé por qué me sorprende. Supongo que no estaba segura de si era de Logan.

Me mira con ojitos de carnero degollado y yo me siento como la tía más capulla del mundo, pero no sé por qué.

—Ha sido un detalle precioso. Gracias. Muchas gracias.

Sonríe. El timbre vuelve a sonar.

—Tengo que irme.

Se marcha, gira en la esquina y yo me quedo allí, de pie, plantada, llegando tarde a clase de física y sintiéndome la persona más idiota del planeta porque, por alguna razón demencial, había pensado, y no te rías cuando leas esto... había pensado... bueno, pues que el colgante era de Jared.

Treinta

Damas y caballeros, me siento confusa.

Por un lado está Logan, que aunque es un paria social, es un tío genial, listo y con un modo de pensar completamente distinto a los demás. Luego, por otro, está Jared Kline, estrella del rock, el rey, y la única persona en el mundo que puede protegerme de Becky Vilhauer. Es como intentar elegir entre James Dean y Elvis. En serio: ¿quién sería capaz de hacer semejante elección?

La culpa me ha empujado hasta la mesa de comedor de la casa de Logan.

Si te has preguntado si vive cerca de Becky, la respuesta es que Logan McDonough vive… justo enfrente. Lo sé. Un escenario acojonante. Lo único bueno es que su casa queda casi a un campo de fútbol de distancia de la calle porque necesitaban sitio para poner árboles, una fuente, un muro y otras muchas cosas con las que lograr que los demás se sientan como una basura.

De modo que, a pesar de que Becky llegaría con un escupitajo desde su casa hasta nuestra cena de amigos, no estoy demasiado asustada. Y por «demasiado» quiero decir que solo he mirado tres veces desde que estoy aquí para asegurarme de que nadie me ha visto.

Además, hay otras cosas de las que estar asustada. Como de la familia de Logan, por ejemplo. Primero está su madre, quien, por la impresión que me da, tiene un cóctel permanentemente pegado a la mano.

121

Es una rubia guapa con un pedazo de diamante en el dedo, pero hay algo triste en ella. Algo resignado. Es como si el peso de ese pedrusco la mantuviera con los pies anclados en el suelo. Luego están sus dos hermanos pequeños, Billy y Lars, que tienen tres y seis años respectivamente. Quedarían perfectos en uno de esos anuncios de cereales porque son verdaderos bollitos los dos. En particular Billy, rubio como el trigo con los ojos azules como el cielo.

Luego estamos Logan y yo.

Y por fin, la pieza angular: el padre de Logan.

El padre de Logan es el típico tío al que siempre intentarías evitar. Todo sonrisas y jersey de marca. Aterradoramente risueño. Y hablador. Habla por los codos. El tío no se calla nunca. Por lo menos en esta cena, para la que ha pedido un catering. En serio. Ha encargado la comida e incluso ha pedido que enviasen a un tío con chaquetilla blanca de cocinero para que nos la sirviese. Debe haberlo hecho por dos razones: primero, porque el de la chaquetilla blanca sabe dónde están los platos y, segundo, para que mantenga llena la copa de su mujer.

En fin, que esta cena aquí, un martes por la noche, un martes cualquiera, que ni es fiesta ni nada, debe haberle costado una fortuna; digamos, el presupuesto de comida de mi madre para todo el mes. Al parecer, este comportamiento es normal en él. Durante el monólogo en el que nos explicaba sus planes para vencer las restricciones de la zona en que se ubica su nueva urbanización, Logan se ha inclinado hacia mí y me ha dicho:

—Le gusta presumir.

Pero al padre de Logan no le gustan las interrupciones.

—¿Qué decías, hijo? ¿Quieres compartirlo con el resto?

—Solo le decía a Anika que eres un hacha con las propiedades.

—Ah. Bueno, como os decía, aún estamos esperando algunos permisos, que deben llegar en breve. Maldito ayuntamiento…

Ahora interviene la madre.

—Delante de los chicos no, por favor.

Hay un silencio.

Contesta el padre:

—Tienes razón, debería deletrearlo. ¡Esos J-O-D-I-D-O-S permisos del ayuntamiento son una J-O-D-I-D-A pérdida de tiempo!

Deja su copa en la mesa con un golpe y, como si estuvieran columpiándose en un balancín, al mismo tiempo que baja la mano del padre, la madre se levanta. Reúne con delicadeza a los dos niños y besa a Billy en lo alto de la cabeza cuando el crío se enrosca en ella como un koala. Lars también se acerca, agarrándose a su pierna. Incluso llega a dejar la copa, milagro, antes de subir a los niños.

Logan mira a su madre y en ese momento se puede ver a quién quiere más en el mundo. Y que quiere salvarla de la «cosa» que hay al otro lado de la mesa. Eso también se ve con claridad.

Pero a su padre no hay quien lo derrote. Sigue hablando y hablando hasta el final de la cena, incluidos los postres. Zonas, permisos, la maldita burocracia, todo ello conspirando para arruinarle la vida bajo el peso del papeleo. Cuando nos hace acompañarle a su madriguera del sótano, ya lleva seis whiskys.

Los del catering están recogiendo. La madre de Logan se ha retirado a su habitación, y en la distancia se oye un televisor. Y sus dos hermanos, Lars y Billy, están esperando arriba a que Logan vaya a arroparlos, que supongo que es algo que debe hacer todas las noches, lo cual, con toda sinceridad, le añade muchos puntos.

En el sótano, el hombre de la casa muestra orgulloso su armario de las armas, o como quiera que se llame. En cualquier caso, es como una vitrina para que se vea lo que hay dentro. A mi madre se le saldrían los ojos de las órbitas si me viera en aquella habitación.

Mientras, el padre de Logan va nombrando y señalando cada una de sus más preciadas posesiones, una letanía de nombres que suenan vagamente amenazadores y conquistadores, inventados todos, sin duda, en los recesos de una junta de dirección, donde unos cuantos tíos deben ponerse a largar nombres que hagan sentir a otros tíos que tienen el pene más grande.

Logan se siente completamente avergonzado por su padre, que sigue presumiendo de cada arma, de su nombre y de la clase de animal que ha matado con ella.

Ah, no he mencionado la demencial cantidad de ciervos, gansos y renos salvajes que, a modo de «trofeo», cuelgan de las paredes. Pues déjame que te diga que empecé a contar hace cinco minutos y ya he perdido la cuenta. Esa cantidad hay.

En este momento, me está enseñando un arma que creo haber visto en una peli de *Rambo*.

—Este es una maravilla. Un rifle *Bushmaster AR—15* semiautomático. ¿Quieres probarlo?

—Papá…

—Le estoy preguntando a tu amiga.

—Eh… no, señor. No, gracias.

—Tú te lo pierdes. ¿Quieres ver una cosa más?

Está a punto de sacar otra arma del armario cuando Logan vuelve a hablar.

—Bueno, papá, nos tenemos que…

Ocurre muy rápido. Ocurre antes incluso de que supiera que podía ocurrir y antes de que pueda creerlo.

La mano de su padre le golpea en la mejilla con tanta fuerza que deja un verdugón.

Silencio.

Arriba hay un clin clan de cubertería, pero aquí abajo, solo hay silencio.

El padre mira a Logan con esa chulería que da el alcohol. «Atrévete a devolvérmela, hijo. ¿Quieres devolvérmela?».

Respira hondo.

—He dicho que me estaba dirigiendo a tu amiga.

No hay nada que decir. Bueno, hay un millón de cosas que decir, pero yo no puedo decir ni una.

Logan se lleva la mano a la mejilla. La marca le llega de la mandíbula a la oreja.

—Gracias, papá. Tú siempre sabes cómo dejar una buena impresión.

Logan da la vuelta y sube la escalera, y yo no le culpo.

Ahora nos hemos quedado solos Rambo y yo.

—Disculpa a mi hijo, Anika. Su madre no ha conseguido enseñarle modales.

—Yo... eh...

—Pero estoy seguro de que tú entiendes por qué un hombre puede sentirse orgulloso de una colección como esta —continúa—. ¡Mírala! ¡Sabes cuánto cuidado y cuánto dinero hay contenido en esta vitrina?

Yo asiento y digo:

—Lo siento, señor McDonough, pero tengo que estar en casa a la hora que me ponen mis padres.

Él sonríe, empuña ese ridículo rifle de película y creo que ese es mi pie para salir. Sí, es el momento.

Subo las escaleras con la sonrisa más incómoda del mundo. Sin hacer movimientos rápidos. Arriba del todo, me vuelvo a mirar al bueno de su padre. Está sentado en un taburete con el whisky y su Bushmaster. Por cierto, me gusta el nombre de «Bushmaster». Esa arma le hace el «señor del matorral».

Se sonríe con un gesto embotado, incierto. Su mirada está vidriada. Es casi como si estuviera hablando consigo mismo, pero ni un solo sonido sale de sus labios. Sea lo que sea, te apuesto lo que quieras a que se trata de una diatriba paranoide sobre el gobierno, la libertad, los padres de la patria y cómo algún día va a salvar el mundo.

Vamos, que creo que Logan me gana en la cuenta de malos padres.

Está al final de la escalera, esperándome.

—Lo siento, Anika.

—¿Qué? ¿*Tú* lo sientes? No, no me jodas. Ni siquiera sé qué...

—Sí. Es algo parecido a un accidente de coche.

Subimos al segundo piso. Hay dos tramos de escaleras, uno para el servicio, imagino, y otro para la gente importante. Yo espero en la de servicio mientras Logan arropa a Billy y Lars y les desea buenas noches. Me aterra que al padre pueda ocurrírsele subir por la escalera de la gente importante con ese ridículo rifle de penes pequeños. Afortunadamente, esta escalera ofrece una especie de refugio. No es mucho, pero es algo. Su madre también está escondida. Tiene la puerta cerrada y la luz azul de la tele sale por debajo.

Ahora entiendo por qué mantiene su copa siempre llena. Seguramente yo también lo haría, si me hubiera casado con un imbécil así.

Si me asomo veo a Logan encendiendo la lucecita de noche, que es un Yoda en miniatura que hace juego con las sábanas de *Star Wars* y los calcetines que lleva Billy de R2—D2. Billy no quiere darle el dinosaurio que lleva, pero Logan le explica que para poder protegerle, tiene que estar colocado al pie de la cama. Billy ve la lógica de la explicación y cede.

—¿Ves? Tu dinosaurio te protege desde aquí. ¡Groarrrr!

—Es un anquilosaurio.

—Ah, vale. Tu anquilosaurio te protegerá.

—¿Puedo poner también a T-Rex?

—Sí, claro. Necesitas al T-Rex y al anquilosaurio. Son colegas.

Es listo, y solo tiene tres años. No estoy segura de haber sido capaz de pronunciar bien «anquilosaurio», y mucho menos reconocerlo a su edad. Son una monada los dos, Billy con su cabellera rubia y Lars con su pijama entero de Spiderman. La habitación está llena de las cosas que les gustan a todos los niños: trenes, dinosaurios, camiones, el *Halcón Milenario* y la *Estrella de la Muerte* en posición de batalla en la estantería.

Viendo a Logan allí, arropándoles y dándole a cada uno un beso en la frente, no puedo evitar pensar que soy una idiota y que él puede ser, seguramente, el mejor tío del mundo.

Treinta y uno

Cuando llego a trabajar el miércoles, me encuentro con un drama total. Al entrar, Shelli hace un gesto con la cabeza en dirección a la trastienda, y pone cara de La Mierda Llega hasta el Techo. Entro y me encuentro con Tiffany, el director y dos policías.

¿Policía? ¿Pero qué…

—Anika, ahora no. Tenemos un problema.

Tiffany apenas puede mirarme. Parece destrozada. Ha estado llorando.

—¿Qué ocurre? ¿Qué es esto?

—Pues si quieres saberlo… Tiffany ha estado robando.

Sus palabras me golpean como un mazo pilón.

No… ¡Llevo robándoles en la cara todo este tiempo y ahora creen que ha sido Tiffany! Porque es negra. Así de sencillo.

—¡No! ¡Ella no ha sido!

El señor Baum frunce el ceño.

—A ver, Anika. Creo saber cuándo las cuentas fallan.

Tiffany, sentada en una silla de plástico gris que hay en la esquina, parece dolorida. ¡Dios, esto es horrible! Voy a tener que confesar. Voy a tener que entregarme. Voy a tener que echar a perder las becas para la universidad. Dios. El conde me va a arrastrar y a descuartizar después, y luego echará mis restos a los buitres. Y luego arrastrará y descuartizará a los buitres.

127

—No. Escúchenme. No ha sido ella, se lo juro…

—¡Anika, calla!

Y pone en marcha la cinta de vídeo. Es la grabación de la cámara que hay en la caja registradora. Y los policías lo ven, y Tiffany lo ve, y yo lo veo.

En la imagen aparece Tiffany, sin duda, robando de la caja registradora.

Sin plan, sin sistema, sin nada.

Robando sin más.

No me lo puedo creer. No puedo creer lo que ven mis ojos.

Tiffany me mira con las mejillas ardiendo. Está completamente avergonzada.

Sin emitir sonido alguno, dice «lo siento».

«No pasa nada», contesto yo.

Y quiero decirle que nosotras hemos estado robando a manos llenas las últimas seis semanas, y que por eso han decidido ver las grabaciones, pero que en realidad es culpa mía. Todo es culpa mía.

—Señor, ¿quiere presentar cargos?

—Desde luego.

Uf. Qué cabrón. Tengo que hacer algo.

—¡No, esperen! Yo la obligué a hacerlo.

—¿Perdón?

—Sí, he sido yo. Fue una estupidez, y la culpa es mía.

—Mira, Anika, es un gesto muy bonito, pero…

—Señor Baum, yo le dije que lo hiciera. Le dije que si no lo hacía, conseguiría que la despidiera. Fue una estupidez, una cosa de crías, y no sé en qué estaría pensando, pero ella no quería hacerlo, se lo juro. Me rogó que no la obligara.

El señor Baum me mira. No parece convencido.

—Eso no es propio de ti, Anika.

—Lo sé. Le dije que era un ritual de iniciación. Fui una imbécil. No sé en qué estaría pensando.

—¿Es cierto, Tiffany?

Tiffany me mira pidiéndome permiso, y yo asiento lo más levemente que puedo.

—Sí, señor.

—¿Anika te obligó?

—Sí, señor.

—¿Por qué no nos lo dijiste?

—Porque no quería que se metiera en un lío.

—Pues a ella poco le ha importado meterte a ti.

Tiffany asiente. Los policías le dicen algo en voz baja al señor Baum. Veo a Tiffany detrás de ellos. Nos miramos.

Ella dice sin voz «gracias».

Yo le guiño un ojo.

Pero eso no significa que no la haya cagado. Me he metido en un buen lío y mi madre me va a matar. Seguramente me van a despedir. Bueno, no es que mi sueño sea ser la directora de Bunza Hut...

—Tiffany, estás despedida.

—¿Qué? —me sobresalto—. ¡Pero si ella no ha hecho nada!

—Anika, no te metas en esto. Ya has hecho bastante, ¿no te parece? Por favor, Tiffany, recoge tus cosas y llama a tu madre. Debes irte.

—Señor Baum, por favor...

—Y tú... vamos a hablar. Ven conmigo.

Uf. ¿Por qué habré venido hoy a trabajar? ¿Por qué aceptaría este estúpido trabajo? Y aún peor: ¿por qué he tenido que robar? ¿En qué narices estaba pensando? El señor Baum presentaría cargos si lo supiera, por supuesto. Es un hombrecillo malvado, que se venga de todo el mundo.

Me ha llevado al almacén, donde no estamos más que él, yo, y las existencias del Bunza Hut.

—Anika, sé que estás mintiendo.

—¿Qué?

—Sé que estás mintiendo para cubrir a esa chica.

—¡No!

—No pasa nada. Eres una buena persona.

—¿No me va a despedir?

—¿Qué? No. Eres nuestra mejor empleada.

Trago saliva. Dios, menuda injusticia. Si él supiera...

—Quiero subirte el sueldo.

Debería dejar de envenenarlo con Valium. Está claro que debe estar afectando a las áreas del cerebro con las que se toman las decisiones.

—Señor Baum, no puede…

—Ya vale. Se acerca la Navidad. Podrás comprar algo…

—¿De verdad tiene que despedirla?

—Sí, Anika. Tengo que hacerlo. Esta gente tiene que saber que…

—¿Esta gente?

—Ya sabes.

—Eh… señor Baum, solo porque sea…

—Anika, a veces los estereotipos existen por una razón —hace una pausa—. Mira, tú eres joven y aún no sabes nada. Algún día lo entenderás. Ahora vuelve al trabajo. A estas alturas, Shelli debe haberse cargado la caja registradora.

Yo no sé qué decir. Lo único que sé es que soy la peor persona que existe sobre la faz de la tierra. Peor que la más simple ameba, o el peor gusano que se arrastre por la peor ciénaga del planeta.

Vuelvo a la caja y Shelli se me acerca lo suficiente para preguntar en voz muy baja:

—¿Qué ha pasado?

—Han despedido a Tiffany.

Se le quedan unos ojos como platos.

—¿Por qué?

—Por robar.

Shelli me mira. Sabe que nosotras somos las culpables. No sabe qué pensar. Veo que los mecanismos de su cerebro se quedan encasquillados.

—La han grabado en vídeo.

—¿Qué? ¿La han grabado?

—Sí. Lo he visto.

—Entonces, no ha sido…

—No. No ha sido.

—Uf. Me siento mejor.

—Pues yo no, porque seguramente no se habrían dado ni cuenta de no ser por lo nuestro.

—Ah.

—Creo que nuestra carrera como ladronas se ha terminado, Shelli.

A través de las decoraciones de Halloween, al otro lado de las puertas de cristal, veo a la madre de Tiffany llegar rápido con el coche y pisar a fondo el freno. No está contenta. Tiffany se monta, y yo estoy a punto de salir corriendo, sacarla del coche y decirle que se vaya a mi casa, con mi madre, con mi familia. No es culpa suya. Nada de esto lo es. Es culpa mía. Todo. Y lo sé.

Treinta y dos

Hay cinco grados bajo cero en la calle, y mamá me lleva a casa cuando mi turno ha terminado. Ya es de noche, y se ve la respiración.

—Mamá, ¿tú crees en Jesús?

—¿Qué, cariño?

—¿Crees en Jesús? En lo de que era hijo de Dios y que hizo todos estos trucos de magia antes de subir al Cielo en tres días.

—No sé, cariño. Está por verse.

Seguimos avanzando en sacrilegio.

—Pero una cosa es segura, Anika: *Quien siembra vientos, recoge tempestades.*

Oh oh… Ese mensaje no es precisamente lo que quiero oír.

—¿Qué tal te ha ido el trabajo, cielo?

—Bueno, ya sabes…

—¿Pocos clientes?

—Mamá, han despedido a Tiffany.

—¿Qué? ¿Por qué?

—Por robar.

Estamos casi en casa y me gustaría haber tardado más en llegar. Odio el frío. Incluso dentro del coche tengo los pies congelados, y mis dedos parecen cubitos de hielo tamaño mini.

—¿Pero cómo se han enterado de…?

—Lo han grabado en vídeo.

—¡Ay, Dios! Eso es horrible. ¡Horrible!

—Lo sé. Y claro, el señor Baum está convencido de que es porque Tiffany es negra.

—Ya.

—Mamá, no es porque sea negra, sino porque es pobre. Yo también robaría si estuviera en su piel.

—No, tú no lo harías.

—Mamá, mucha gente roba. Mucha. Gente que no es pobre.

Ahora estamos paradas en el acceso a casa.

—¿Como quién?

—No sé. Gente.

—¿Qué gente?

—Olvídalo.

—¿Gente como tú?

—¿Qué? No.

—Mira, Anika: no estoy diciendo que lo estés haciendo o que lo hayas hecho. No es eso. Pero si fuera el caso, mejor que lo dejes ahora mismo. Y lo digo en serio. Hipotéticamente, claro.

—¡Mamá!

—¿Quieres que te denuncien? ¿Quieres perder la beca para la universidad? ¿Quieres quedarte aquí metida el resto de tu vida?

—No.

—Bien. Entonces, ni siquiera lo pienses, ¿vale? Eso no es propio de ti, ¿eh? Yo no te he criado así.

Pero se equivoca. Aunque ella ha hecho cuanto una madre podría hacer para que yo fuera un pastel de melocotón, por dentro soy un estofado de arañas. Lo soy y siempre lo seré. Me pasaré el resto de mi vida fingiendo que no lo soy, que soy una palomita dulce, o una manzana dulce, o un dulce de leche, pero por dentro, por dentro… bueno, podríamos mojar una tarántula en chocolate, y ya estaría todo hecho.

Treinta y tres

Lo que tiene de perfecto la noche del miércoles es que nadie piensa que vayas a ir a ninguna parte. Es como el mes de marzo pero en la semana: que no se hace nada. Logan está esperando fuera en la curva, y yo estoy haciendo mi danza acrobática con la que salgo por la ventana y me descuelgo por el árbol antes de que mis hermanas me oigan y hagan sonar el silbato. Cómo les gustaría poder hacerlo…

Se podría dibujar un corazón alrededor de Logan, tal y como lo veo ahora allí, de pie, a la luz de la luna, al lado de su moto y con un gesto algo amargado. Cuando me entrega su casco, yo ya me he olvidado por completo de Tiffany, del dinero y del hecho de que voy a ir a la cárcel sin remedio.

Dejamos atrás la cutrez de mi calle y tomamos dirección al lago Holmes, y no se ve un alma en kilómetros a la redonda. No debe haber nadie en el lago a la una de la madrugada. En esta ciudad viven mayoritariamente familias, ¿sabes? Los botes de remos y los caminos para bicicletas están pensados exclusivamente para personas bien untadas de crema solar. Tenemos que colarnos por un roto de la valla que queda como a unos ochocientos metros del cobertizo de los botes. El parque rodea al lago, y debe tener unos cinco kilómetros de ancho. Es uno de los atractivos de la ciudad, y aunque queda muy cerca de nuestra casa, nosotros nunca hemos venido aquí en familia. Debe ser porque no hay tele.

Caminando en la oscuridad sin hacer ruido para llegar al cobertizo, tengo la sensación de que podríamos tropezarnos con un asesino en serie, un escuadrón de no muertos o quizás solo un asesino corriente de esos del hacha. Logan me ha dado la mano. Ha dejado la moto más allá. Lleva una mochila, así que supongo que tiene un plan.

Las estrellas se reflejan en el agua del lago, inmóvil como el hielo y seguramente tan fría. Todo está oscuro como boca de lobo, y apuesto a que en alguna ocasión, hay quien se ha metido sin querer en el agua. El cobertizo de los botes es en realidad un cajón de madera de una sola altura cerrado con un candado, pero eso no parece que a Logan vaya a impedirle la entrada porque lo manipula con un imperdible.

—Vaya. ¿Eres agente de la CIA?

—Sí. Esto es lo primero que aprendemos cuando vamos a clase de espías.

Abre el candado a la tercera intentona y entra.

—Espera aquí fuera un momento.

No me hace mucha gracia porque hace un frío que pela. El sonido de los botes chapaleando en el agua es nada menos que el segundo ruido más terrorífico del mundo. El muelle entra unos quince metros en el lago, y a él están amarrados los botes, como las hojas de un árbol.

—Vale. ¿Estás preparada?

—Eh… sí.

—Bien. ¡Tatatachán!

Miro dentro y no es que sea exactamente el Ritz, pero tengo que reconocer que Logan se merece un diez en esfuerzo. Hay unos cinco farolillos en el cobertizo, de esos que ves en los cuadros que lleva un farero de cara arrugada, alimentado de aceite o de lo que sea que mantiene la llama encendida sin que te quemes las orejas. Hay una mesita en el centro, con otro farolillo y una especie de picnic: uvas, queso y cerveza. Podrías pensar que parece una especie de timo, pero veo a Logan tan orgulloso de ello, y su mirada es tan especial que querrías escaparte con él al amanecer aunque fuera a Oklahoma.

—Guau. No sé qué decir.

—¿Por qué tienes que decir algo? No digas nada.

—Vale.

Me ofrece una silla de madera y me siento. De repente siento vergüenza, o estoy preocupada, o siento que algo va a ir mal y que se va a dar cuenta de que yo no valgo tanto esfuerzo.

—¿Qué pasa?

—No sé. Bueno, es que... solo que quiero gustarte.

—Y me gustas. ¿Por qué te crees que he montado todo esto?

—Lo sé, pero es que... quiero seguir gustándote, ¿entiendes?

—¿Estás preocupada por algo que todavía no ha ocurrido?

—Sí, más o menos.

Los botes se mecen en el agua y el muelle chirría.

—¿Sabes una cosa, Anika? Que podrías malgastar tu vida entera preocupándote.

—¿Qué quieres decir?

—Imagínate que un día miras hacia atrás y piensas: «¡Mierda! No he hecho más que preocuparme en estos últimos... ochenta años».

—Ya.

—Mira, en este momento no tienes que sacar un sobresaliente, ni tienes que ser la más guay, ni nada. Solo tienes que estar aquí, conmigo.

No sé qué decir a eso, excepto que es perfecto.

Y lo miro, y es como si fuera el héroe, pero una especie de héroe oscuro, y yo soy la ingenua, y en cualquier momento me voy a enamorar, la música va a subir de volumen y las palabras *«THE END»* van a salir, letra a letra, en cursiva, sobre la pantalla, antes de que empiecen los créditos.

Se acerca a mí y estamos a punto de besarnos, con lo que los fuegos artificiales y la orquesta están ya a punto.

Pero... se oye un ruido fuera, crujidos en el muelle que no son los de los botes amarrados. Son un ruido de pasos.

La música cesa, el proyector se queda sin rollo de película y la pantalla se vuelve blanca, las luces de la sala se encienden y la audiencia murmura, sintiéndose engañada.

Los pasos son fuertes y se acercan.

—¡Eh! ¿Quién está ahí? ¡Fuera! ¡Ya estáis saliendo!

No es una voz agradable, y tampoco es una voz de aquí. Parece la voz de alguien que vive en una chabola.

Logan me indica con un gesto que no me mueva.

—¿Puedo ayudarle? —pregunta desde la puerta.

—Sí que puedes. Soy el guarda, y puedes ayudar a este maldito guarda saliendo a toda leche de ahí.

—Enseguida, señor. Un momento y me voy a casa, lo prometo.

—He dicho que fuera y lo digo en serio.

—Yo también. Solo dos segundos y...

Pero la puerta se abre de par en par y se planta allí.

Tiene la cara roja, el pelo rojo y pecas. Podría ser representante del color rojo. Lleva puesta una parka, botas de trabajo y detecto su olor desde la mesa. Whisky. Supongo que es lógico. ¿Qué otra cosa va a hacer recorriendo el Lago Holmes todas las noches, sin nadie con quien hablar aparte de las farolas?

También podría ser representante del Vello que Nace Fuera de su Sitio. Por ejemplo, en las orejas. Y en la nariz. Me sorprende que no le salga pelo de los ojos, la verdad. El único sitio en el que no tiene pelo mutante es en la boca. Es porque la boca ostenta su propia representación, en este caso, de saliva. Montones de saliva que se salen por las comisuras de los labios. Una boca arrasada en una cara roja de trol enfundado en una parka.

Yo juraría que este tío está huyendo de la ley, pero lleva el nombre de «Lago Holmes» en la parka, de modo que puede darnos órdenes.

Entonces me ve, y algo cambia. Mira a su alrededor y repara en las lámparas y el picnic.

—Vaya, vaya —dice y silba—. Parece que tenemos aquí una cita romántica...

Logan se pone delante de él en un gesto protector, intentando que no me vea.

—Ya nos vamos, no se preocupe.

—Ah, si no estoy preocupado. Ya no.

Desde detrás, veo que Logan se eriza.

—He dicho que ya nos vamos.

—Bien. Adelante.

Se queda en la puerta montando guardia mientras Logan y yo volamos para salir pitando del cobertizo de este troll peludo.

Se diría que somos de verdad arañas, viéndonos multiplicar nuestros brazos para recoger y guardar, con el fin de salir de allí antes de que lo que hay en el aire, malvado y siniestro, llegue a ocurrir.

Salimos por la puerta dejando atrás un aliento apestando a whisky, y parece que ha sido fácil hasta que el aliento que apesta a whisky decide ponerse poeta conmigo.

—Te habías traído un chochito muy jugoso aquí, ¿eh, chaval?

Lo dice, y antes de que llegue a terminar, o antes de que yo me dé cuenta de lo que ha dicho, o antes de que pueda ignorar esas palabras, Logan agarra un remo, lo levanta por encima de la cabeza y le golpea en la cara con él. El tío cae sobre el muelle. Clonc.

Echo a correr antes de que pueda levantarse y noto que Logan corre a mi lado. Subimos la cuesta y nos colamos por el agujero de la valla, pero oigo de nuevo el remo. Crag, crac, crac. Miro hacia atrás y Logan no está conmigo; ni siquiera está cerca. No. Logan está en el muelle, exactamente donde estaba, levantando una y otra vez el remo, descargando golpes como si lo que tuviera en la mano fuese un hacha de guerra. Y el tío que era el representante del color rojo lo es ahora más, pero de un rojo intenso, un rojo ladrillo, que enseña en un muestrario que recorre su cara, sus orejas, el cuello, la madera del muelle, los tablones del suelo y el agua que queda más abajo.

El tío casi no puede moverse. Lo único que puede hacer es gemir desmadejado, balancearse hacia delante y hacia atrás a cuatro patas, emitiendo un sonido que parece un ruego.

Logan podría estar satisfecho con un troll medio muerto tirado en el muelle a sus pies como un pez fuera del agua, pero continúa golpeando.

Continúa golpeando.

—¡Basta! ¡Para ya! ¿Qué haces? ¡Para!

Es mi voz, pero las palabras salen de mis labios sin control.

Es mi voz, pero podría ser muda porque Logan no me escucha. No me oye, y no para hasta que el hombre queda tirado boca abajo en el muelle, un pez sin branquias.

Logan lo mira, perdiendo ímpetu, y lanza el remo al agua.

Ahora me mira a mí.

Dios.

El hombre se retuerce en el muelle, se mueve apenas, y gime quedamente, pero gracias a Dios está vivo. Logan echa a andar hacia mí, y yo no sé qué hacer. ¿Qué mierda se supone que debo hacer? ¿Echar a correr? ¿Echarme en sus brazos, besarlo y exclamar *¡Oh, mi héroe!?* ¿Y qué mierda hago con el apaleado que apesta a whisky, que ha sido apaleado por mí?

Echo a andar entre los árboles, intentando alcanzar la valla antes que Logan, intentando ver si hay modo de llegar a casa, aunque tenga que caminar más, pero a lo mejor eso es lo que me merezco.

Oigo a Logan detrás de mí, ahora corriendo cuesta arriba, intentando alcanzarme.

—¡Anika!

Hay un millón de cosas que podría decir, pero creo que el mejor modo de decirlas es simplemente largándome de allí y dejándolo estar. ¿Y si ese tío se muere? Y peor aún es que Logan ni siquiera parecía estarse dando cuenta de… de lo que estaba haciendo. De lo horrible que era.

Igual que aquella rápida bofetada que le largó su padre en el sótano.

Igual que su padre.

Es que… ni siquiera el ogro, que ha decidido hacer carrera de ignorarme y de hacerme sentir como un parásito en la tripa de un percebe, nunca, jamás, haría algo así. Ni siquiera se le pasaría por la cabeza. Quizás más palomitas y más *Rueda de la fortuna*, pero jamás una bofetada con el dorso de la mano que deja un verdugón en el mismo instante de haberla propinado.

Y jamás se me habría ocurrido a mí.

Pero a Logan, sí.

Y no solo se le ha ocurrido, sino que lo ha manifestado. Lo ha manifestado en un pez eviscerado rezumando whisky que ha quedado tumbado en posición fetal, en el muelle, gimiendo.

Y no puedes evitar preguntarte que si se ha manifestado así… ¿de qué más formas podría llegar a hacerlo? ¿Qué otras cosas hace esta persona, la misma a la que yo creía conocer, la que yo creía que era amable, la que yo creía que era dulce, erudita, sofisticada? Este Logan que he estado a punto de besar en un movimiento de cine y del que casi creía estar casi enamorada… ¿qué más esconde en la manga?

No llego a la valla con suficiente rapidez, y me estoy quedando sin aliento.

—¡Anika! ¡Vamos!

Me ha alcanzado y yo no puedo ni mirarlo.

—Anika, para. Estoy aquí, ¿vale? Soy yo.

Los dos estamos sofocados y nuestro aliento hace estalactitas de humo en el frío.

Me doy la vuelta para seguir caminando hacia la valla. Por una vez en mi vida no tengo ni idea de qué decir, de qué pensar, de qué hacer.

—Anika, lo siento. Yo solo... te estaba protegiendo, ¿vale?

—¿Protegiendo? Tú te has vuelto loco.

—Vamos...

—¡Pero si has estado a punto de matarlo!

—Yo no quería...

—Mira, sé perfectamente que ese tío era un cerdo y que lo que ha dicho ha sido una guarrada, pero ¿se puede saber qué cojones ha pasado ahí?

—Vale, lo sé. Lo sé. Tienes razón. ¿Qué puedo decir? Ese tío... si te llega a poner un dedo encima...

—¡Pero es que no lo ha hecho, ¿vale?! No lo ha hecho.

—¡Lo sé! Ya te he dicho que es que se me ha ido la cabeza. Se me ha ido la pinza por completo al oírle decirte esa mierda.

Los dos nos quedamos parados, recuperando el resuello, sin que las estrellas reparen en nosotros.

—Quiero que me lleves a casa ya. Quiero irme a casa, ¿vale?

—Vale.

Me mira con ojos de cachorro al que han regañado por comerse el periódico, y yo quiero abrazarlo y decirle que no ha sido nada.

Pero sí que ha sido.

No volvemos a hablar una palabra durante el resto del camino entre árboles, a través de la valla, o por unas calles en las que no hay ni un alma. No decimos nada cuando me bajo de la moto, le devuelvo el casco y trepo por el árbol que hay bajo mi ventana sin mirar atrás.

Treinta y cuatro

Si alguien se presenta en mi casa a la hora de la cena, es noticia de primera página. Un titular. Y nadie pensó que iban a ofrecernos un titular aquella noche. No es más que un jueves cualquiera con estofado mexicano y algunos restos de otros días. Mañana toca palitos de pescado. Para el lunes mi madre preparará chuleta, nos ha dicho, que para mí es horrible, pero al ogro le parece lo más de lo más. Si vives en Nebraska, comer chuleta es el equivalente a comer naranjas en Florida. La chuleta está por todas parte. El estado en sí es una chuleta. Deberíamos poner el hueso en forma de T en la bandera.

Lo sé, ya lo sé, para todo el mundo es una exquisitez. Es sinónimo de bonanza. Pero aquí… significa que es lunes, y a nadie le importa.

Pero esta noche es, digamos, de perfil bajo, y no hay nada de particular. Yo, por mi parte, después de la escapada al cobertizo de los botes, lo agradezco. Esta noche, ni siquiera mis hermanas traman nada. Robby está en el entrenamiento de fútbol. Los Knights juegan con los Spartans este fin de semana. Es un partido de los grandes para el instituto. Todo el mundo irá, aunque muchos no lo verán en realidad. Es lo que se hace los viernes por la noche en Lincoln. Igual que los pájaros vuelan hacia el sur en invierno. Jenny Schnittgrund estará allí, recién bronceada. Charlie Russell estará allí, con una camiseta de rugby nueva. Las animadoras estarán, congelándose en las tribunas con sus minifalditas, soñando con su futura gloria como animadoras. «¡Oh, un día... un día seré una verdadera animadora!». Todos acudimos, en bandadas, al partido de fútbol del viernes por la noche, damos vueltas, reímos, nos congelamos las piernas y, después, todo el mundo se va a *Valentino's Pizza Parlor*. Es como el ritual de una religión.

¿Quedarse en casa? ¿No ir al partido? Uf. Eso es pura anarquía.

(Si quieres saber hasta qué punto es auténtica la comida italiana de *Valentino's*, piensa que las camareras se comunican a gritos porque piensan que queda más «italiano»).

Pero esta noche, en *Chez Mi Casa*, todo el mundo está haciendo ruido con los platos y los cubiertos para comerse el estofado mexicano de mi madre cuando ocurre.

Ding-dong.

Levantamos la cabeza.

Ding-dong. Ding-dong.

Mi madre se levanta para ir a abrir la puerta.

—Hola. ¿En qué puedo ayudarte?

—Sí. Sí, señora. Hola. Siento molestarles. Soy Jared Kline. Encantado de conocerla.

La mesa podría ser en este momento una escultura de hielo. Estamos todos congelados. Estamos aterrorizados. Estamos expectantes.

Mis hermanas, que las dos fueron al colegio con Jared y que veneran el suelo en el que pisa como cualquier otra chica de la ciudad, se miran la una a la otra. ¿Es por mí? ¿Está aquí por mí? Como si fuera el mismísimo Ed McMahon en un globo aerostático y con un cheque de *Publishers Clearing House* en la mano por un montón de millones de dólares.

—Hola, Jared. Yo también me alegro de conocerte. Como ves, estábamos cenando. ¿Qué puedo hacer por ti?

—Sí, señora. Lo siento. Es que quería preguntarle si podría salir con su hija el sábado por la noche. Si tendría su permiso.

Lizzie y Neener están a punto de sufrir un infarto cada una. Las veo planeando qué van a ponerse, preguntándose a cuál de las dos se lo va a pedir. Se rebanarían la yugular la una a la otra con tal de ir a esa cita.

Henry alza la mirada. Aquella situación es una especie de experimento social que parece interesarle.

—¿Mi hija?

—Sí, señora. Su hija.

Si la casa entera pudiera inclinarse hacia delante para escuchar mejor, lo haría. ¿Qué has dicho, chaval?

—Su hija… Anika.

Ay Dios, deberías ver la cara de Lizzie, está a punto de abalanzarse sobre mí empuñando el cuchillo de la mantequilla.

Henry ladea la cabeza. Esto es nuevo. E interesante. El ogro finge no oír. Si puede quedarse con el resto del estofado, estará conforme.

—Anika. Quieres salir con Anika.

—Sí, señora. Con su permiso.

Mi madre me mira con un signo de interrogación pintado en la cara.

Este es el momento en el que se supone que yo debo exclamar: «¡No! ¡Yo amo a Logan McDonough! ¡Soy suya, él es mío y estaremos juntos para siempre jamás!».

Pero no lo hago.

De hecho, hago todo lo contrario.

Asiento.

Mi cabeza asiente. Yo no lo hago, pero mi cabeza sí.

Está claro que mi cabeza ha sido embrujada.

—¿Y dónde piensas llevarla?

—Verá, señora, hay un festival de Halloween en el centro. Con pasaje del terror, casa encantada y todo eso.

—Ah. ¿Por casualidad hay algún paseo en carro de heno?

—No, señora. No lo hay.

—Porque no pienso dejar que mi hija se suba a uno de esos carros con un desconocido.

—No, señora. Yo nunca lo haría. Yo… he pensado que lo de la casa encantada sería divertido, y el túnel del terror… pero si no, podemos hacer otra cosa. Podemos ir al cine, o…

—¡Cierra esa maldita puerta!

Gracias, ogro. Desde luego lo tuyo son las palabras.

Jared mira hacia dentro y ve al ogro. Luego me ve a mí. Y mantiene la mirada. Me guiña un ojo.

Mis hermanas sueñan con cortarme en trocitos y añadirme al estofado. De todos modos, nadie sabe lo que hay ahí dentro.

—Bueno, Jared. Tienes permiso para invitar a Anika a salir. Buenas
noches.

Y dicho esto, le cierra la puerta en las narices.

Vuelve a la mesa. Se coloca la servilleta sobre las piernas. No sé por
qué, pero todo esto le hace sonreír como si fuera el gato que se comió al
canario. ¿Quién podría decir por qué? Cosas de madres. A veces parecen medio tontas, preocupadas siempre, divertidas, pero a veces tienes
la sensación de que lo saben todo.

—¿Quién era ese chico, cariño? ¿Lo conoces?

—Sí.

—Chss —gruñen mis hermanas. Están cabreadas. Me quieren
muerta.

Me hago una nota mental para recordar que debo escabullirme en
cuanto acabe de cenar y encerrarme en mi habitación antes de que me
agarren, me tiren al suelo y me escupan en la boca. Esa es la jugada
favorita de Lizzie. Es un demonio, y aún más, ahora que está cabreada.

—Entonces, ¿lo conoces o no?

—Sí.

—¿Conocerlo? —interviene Henry, que ha observado el experimento social—. Madre, es básicamente el tío más popular de Lincoln,
y seguramente de Omaha. Sería como si Bruce Willis se presentara a
pedirte que salieras con él.

Al oírlo, el ogro gruñe. ¿Está celoso? ¿Estará celoso por la hipotética
situación que ha propuesto mi hermano?

—Pues si Bruce Willis viniera a pedirme que saliera con él le diría
que estoy casada, y que muchas gracias.

—¡Vamos, mamá! ¡Qué trola!

Ahora intervenimos todos. Mis hermanas le lanzan sus servilletas
y todos nos reímos.

—¡En serio! ¡Se lo diría!

—Sí, mamá, y yo me transformaría en una calabaza si Matt Dillon
me invitara a salir.

—Sí, mamá. Y si a mí me lo pidiera Madonna, le respondería que se fuera a la mierda.

Todos nos echamos a reír. Todos excepto el ogro. No le ha gustado que Henry utilizase esa palabra, pero precisamente eso hace que la situación sea todavía más graciosa, y ninguno de nosotros puede dejar de reír ahora, haciendo que los demás se rían de nuestra risa, e incluso mi madre se ríe. Se ríe de verdad. Y eso hace que todo aquello valga la pena.

Treinta y cinco

Hoy es el gran día de la dichosa carrera de quinientos metros de las narices. El señor Gil, también conocido como el *gilipuertas*, me ha dejado bien claro que ha llegado el momento de la verdad para mí. Ahora mismo está dando uno de sus discursitos sobre lo de no rendirse nunca, y no deja de mirarme. O ha preparado el discurso expresamente para mí, o es que se ha enamorado de mi persona, aunque lo dudo. Se le cae la baba con Jenny Schnittgrund. Supongo que le mola el medio kilo de máscara que se pone en las pestañas y la piel naranja.

A Shelli no le importa lo más mínimo si le ponen un notable, un bien o un insuficiente en esta asignatura. A su madre tampoco le importa. Nada importa porque Cristo los va a salvar a todos, así que ¿qué sentido tendría preocuparse? Podría quedarse sentada en casa comiendo bombones y viendo *Los héroes de Hogan*.

Pero ese no es mi caso. No.

A mí tiene que importarme porque, si me ponen un notable en esta asignatura, el vampiro vendrá y me sacará de este instituto para llevarme a una escuela católica de jesuitas en Rumanía, o... o estaré condenada a pasarme la vida comiendo Cheetos con un marido llamado Bubba y nueve hijos que parecerán extras de *Mad Max*. Seremos pobres, pero tendremos amor. Y pistolas.

Lo que el señor Gil no sabe es de mis cualidades de actriz dramática. Este es mi plan.

Empezaré a correr fingiendo sentirme inspirada por su conmovedor discurso. A continuación, hacia los trescientos metros, empezaré a jadear, empezaré a perder la fe, empezaré a dudar de la existencia de Dios. Y babearé.

Babear no es difícil. Basta con pensar en un limón.

Prueba.

Te espero.

…

¿Lo ves? Te lo había dicho.

Bueno, ahora lo tercero. El punto fuerte. Mientras jadeo y me desvío y voy de un lado al otro como un novato que, subiendo el Everest, se quedara sin oxígeno y se tambaleara por el mal de altura… miraré al señor Gil. Lo miraré porque sé que estará mirándome y preguntándose si su discurso ha servido para algo, o si el mundo es un lugar sin sentido que consiste en una serie de gestos vacíos de significado.

Hiperventilaré.

Estará a punto de caer al suelo.

Lloraré.

Pero entonces… entonces, amigos, miraré a los ojos al *tú—puedes—hacerlo* y recuperaré las fuerzas; no, mejor la inspiración. Me sentiré imbuida de una sensación de poder, de esperanza, de triunfo del espíritu humano. La gloria me iluminará.

¡Mis piernas no se rendirán!

¡Aquí, no!

¡Ahora, no!

¡No delante del señor Gil y después de su discurso!

¡Hoy es el día en que el señor Gil me salvará!

Hoy es el día en que el señor Gil cambiará una vida.

Hoy es el día en que el señor Gil será importante.

Pero al llegar a los cuatrocientos metros… al llegar al punto en que el triunfo del espíritu humano me ha llevado, caigo al suelo, *plof*, y me desmayo.

Treinta y seis

Sí, seguramente debería haber entrenado.

O sea, que una cosa es organizar el teatro y otra hacer el trabajo. Algo en lo que, al parecer, no he pensado.

El señor Gil está de pie a mi lado. También están Shelli, Jenny Schnittgrund y Charlie Russell. Hay mucha preocupación.

—Anika, ¿me oyes, Anika?

—¡Anika, no vayas hacia la luz!

Esa tiene que haber sido Shelli.

De pronto los círculos borrosos que tengo a mi alrededor se transforman en cabezas y el señor Gil está inclinado sobre mí como una tortuga aterrada.

—Anika, ¿estás bien? ¿Qué día es hoy?

Esto va a ser divertido…

—¿Q-Qué? ¿Qué? Manzana.

El señor Gil se asusta de verdad y aleja a los chicos. Esto es demasiado importante para que estén allí Charlie, Shelli o los Ompa—Loompa. No puede haber testigos.

—Anika, ¿en qué mes estamos? ¿Sabes en qué mes estamos?

Yo espero. Lo miro.

—¡Taco?

El señor Gil se está haciendo caquita.

—Anika, quiero que pienses. ¡Piensa, por favor! ¿Dónde estamos? ¿En qué estado vivimos? ¿Te acuerdas del estado?

Pausa.

—Cleveland.

Ahora el señor Gil está prácticamente llorando, y no es broma. Está viendo secarse su cuenta bancaria, su casa llena de cajas de mudanza, y a su mujer dejándole por el de la inmobiliaria. Vale, no puedo seguir más. Este tío es un imbécil, pero ni siquiera yo soy tan diabólica.

—Nebraska. Vivimos en Nebraska.

—¡Exacto! Vivimos en Nebraska.

No ha habido nadie que se haya entusiasmado tanto de poder decir esa frase en toda la historia de Norteamérica.

—Y usted es el señor Gil. Y allí está Shelli… y Charlie… y Jenny…

Estoy copiando el final de *El Mago de Oz*, por cierto. Un plagio absoluto.

—Eso es, Anika. Todos estamos aquí. Estamos todos aquí por ti.

Veo a Shelli por encima de los hombros del señor Gil y veo que sabe exactamente lo que estoy haciendo. Me conoce bien. Lo sabe, y está haciendo lo que puede para no echarse a reír.

—Señor Gil, ¿he terminado…? ¿He llegado a completar los quinientos metros?

Le hago la pregunta como si quisiera saber si he logrado salvar el mundo. Si he acabado con los nazis. Si hemos ganado el campeonato del Estado.

—Por favor, señor Gil. Por favor… dígame la verdad…

—Eh… me temo que no. Te has desmayado.

—¡Puedo hacerlo! ¡Deje que me levante!

Y hago un patético intento de ponerme de pie.

—No, Anika. ¡No!

El señor Gil desbarata mi plan y vuelve a tumbarme delicadamente.

—Anika, no tienes que hacerlo. Ya has hecho bastante.

Ahora llega el momento del discurso. Ahora interpreta para toda la clase.

—Hoy todos hemos aprendido algo.

Ay, Dios, tendrías que ver la cara de Shelli.

—Creo que Anika nos ha demostrado a todos que no hay que rendirse nunca, pase lo que pase. Pase. Lo. Que. Pase.

La clase está escuchando como quien oye llover.

—Y ¿sabes una cosa, Anika? Que voy a recordar esto. Voy a recordar el día de hoy porque hoy, Anika, hoy has sido tú la profesora.

Me cuesta un triunfo mantenerme seria en aquel momento.

El señor Gil me ayuda a levantarme y me acompaña a las gradas.

Lo he logrado. No exactamente como lo tenía pensado, pero... lo he conseguido.

He conseguido que se sienta importante.

Y caminando hacia las taquillas con Shelli a mi lado, no puedo evitar preguntarme... si tan importante es para un tío blanco de mediana edad sentirse importante... ¿qué pasa cuando no se siente así?

Treinta y siete

Los viernes por la noche en el Bunza Hut son propios de una ciudad fantasma. Podría convertirme en rana aquí dentro y nadie se daría cuenta. Las seis de la tarde y solo ha habido un cliente en tres horas. Y encima la señora solo quería usar el baño.

Nadie quiere trabajar a esta hora por el partido. El señor Baum piensa que soy una esforzada trabajadora porque siempre me ofrezco para este turno, pero en realidad es porque así puedo dejar de ir al partido sin que la gente piense que soy comunista. Estoy preparando un Examen Avanzado de Lengua que convoca una universidad. Tenemos que leer un libro. Se trata de un chico al que echan de un internado y que no parece preocuparse por nada. Cruzo los dedos para que no entre nadie hasta que haya llegado al final. Solo me quedan treinta páginas.

He evitado a Logan desde el incidente del cobertizo. ¿Qué puedo hacer si no? No es que no lo eche de menos. Sí que lo echo de menos. Por ejemplo echo en falta el modo en que se encoge de hombros y se esconde detrás de los árboles y cosas por el estilo. Pero también estoy muerta de miedo. He estado leyendo los periódicos y no se habla del incidente, gracias a Dios. He llegado a preguntarme si no habrá sido todo un sueño raro. Si no me lo habré inventado todo y no tendré que pensar en aquel aliento apestando a whisky nunca más.

Por otro lado, no puedo evitar pensar en el padre sicótico de Logan y eso me hace sentir dos cosas a la vez: la primera es… que Logan me da pena. Piénsalo. No debía ser la primera vez que su padre le pegaba. Y ese afán suyo de protección. ¿Te acuerdas de cómo miró a su madre? Es fácil imaginar que debe estar intercediendo constantemente por ella y sus dos hermanitos. En cierto modo, debe ser el héroe de la casa. Pero, por otro lado, a lo mejor va a acabar siendo igual que su padre. O puede que incluso lo sea ya. Está mal, y lo detesto, y no es culpa de Logan, y me hace enfadarme con el mundo, el universo y todos sus átomos.

Pero si puedo centrarme en estas páginas, no tengo que preocuparme. Puedo hacer que todo desaparezca. Te lo juro. Puedo quedarme en este libro y lograr que se vuelva real, y que todo lo demás sea lo falso, y entonces, ¿a quién le importará?

Pero no voy a tener esa suerte, porque de todos los garitos que hay en el mundo, Becky Vilhauer tenía que entrar precisamente en este. Con Shelli pegada a los talones.

No está contenta. Shelli va detrás de ella como si quisiera que se la tragara la tierra.

—¡No me jodas! ¿En serio?

—Eh… ¿papas y qué mas?

—Jaja. Muy graciosa. ¿Qué es eso de Logan McDonough? ¿En serio?

—¿A qué te refieres?

—No te hagas la tonta. Lo sé todo.

—¿Qué sabes?

—Lo de las salidas en moto… después del instituto… ¿te suena de algo?

Becky se vence hacia delante como un buitre, y Shelli se va haciendo más y más pequeña con cada frase. Lo único que se puede hacer es quitarle importancia.

—Hacía frío.

—Ya. No tanto. Te lo voy a decir muy clarito: eres una sangre sucia. Sin mí, no eres nada. No eres nadie. Una inadaptada. Una leprosa.

Veo a Shelli mirando desde detrás de Becky, angustiada.

—No la mires. ¿Crees que te va a defender? ¿Quién crees que me lo ha contado?

Shelli está temblando. Un animal tullido. La miro a los ojos y baja la cabeza, culpable.

—Mira, Becky, no tiene tanta importancia…

—Sí que la tiene. La tiene, y mucha. Nos estás poniendo en la picota a todas. ¿Tú crees que quiero que me cuelguen el sambenito de que salgo con perdedores? No, gracias.

—En realidad él no es así…

—A ver si lo pillas: o le dejas, o te dejamos. Y entonces, no podré ser responsable de lo que pase.

—Eso es…

—Fin de la historia.

Se da la vuelta y Shelli la sigue colgando al final de la correa. Intenta casi salir antes que ella, pero Becky se vuelve. Tiene algo más que añadir.

—Depende de ti, Anika. Tú eliges.

Y sale por la puerta de cristal al aire gélido de la calle. El esqueleto me sonríe colgado en la puerta, pero no puedo devolverle el favor. Y yo que decía que aquel iba a ser un día sin novedad.

Treinta y ocho

Debería haberme imaginado que Shelli aparecería a mediodía. Es sábado y está en el porche delantero, con las mejillas coloradas de frío. Con esos mofletes tan rojos y los ojos como platos, es como si *Frosty el Muñeco de Nieve* me estuviera esperando ahí fuera. Mi madre la invita a entrar y bajamos a la sala de juegos. Tenemos una mesa de billar, un falso bar donde el ogro sirve zarzaparrilla (¡Yujú!) y un tablero de dardos en el que no soy capaz de acertar aunque la vida me fuera en ello. Normalmente nos habríamos ido a mi habitación a reírnos de todo y de nada, pero me parece un lugar demasiado íntimo. Teniendo en cuenta que me ha traicionado, se merece la sala de juegos.

—¿Estás enfadada?

Yo me encojo de hombros. Por supuesto que estoy enfadada. ¿Cómo no?

—Lo siento mucho.

—Lo sé.

—Es que… me lo sacó. Empezó a hacerme preguntas y más preguntas, y enseguida se dio cuenta de que lo que yo le decía no cuadraba, así que siguió y siguió y acabé rindiéndome. Me rendí. Lo siento muchísimo. Soy una guarra, lo sé. La he cagado de verdad.

Silencio.

La verdad es que… así funciona Becky.

—Sí, me hago una idea.

—¿Ah, sí?

—Sí. Me lo imagino.

—Fue como… como si no supiera lo que estaba pasando y de repente… se me escapó.

—Lo sé.

—¿Me perdonas?

—Bueno… no te voy a mentir. Anoche me quedé muy deprimida. Cuando os fuisteis me sentía como si acabaran de darme una patada en el estómago.

—Lo sé, y lo siento mucho. Ni siquiera sabía dónde íbamos hasta que llegamos aquí. Ya conoces a Becky. Fue como el ataque de una serpiente… ¡Un momento! ¡Ya sé!

Shelli está excitada. Tiene una idea. Esto es raro.

—Sé cómo compensarte. Te diré algo que se supone que no debo decirte. Da igual lo que pase.

—¿Ah, sí?

—Sí.

—Vale.

—A ver: ¿te acuerdas de todo el lío ese de Stacy Nolan? Lo de que se había quedado embarazada.

—Sí.

—Fue cosa de Becky.

—¿Qué?

—Becky se lo inventó.

—¿Cómo? No puede ser.

—Pues es.

—Pero, ¿por qué?

—Para divertirse.

—¿En serio?

—Totalmente. Stacy no le había hecho nada a Becky, pero como estaba aburrida…

—¡Qué zorra!

—Lo sé.

—Pero eso es una maldad brutal.

—Lo sé.

Shelli y yo nos miramos con incredulidad y con algo más en la mirada… miedo. Si Becky es capaz de hacer algo así solo por capricho, imagina qué podría hacernos a nosotras.

Es aterrador. Ahora sé por qué Shelli claudicó. Conocía, incluso mejor que yo, la naturaleza de la bestia. Si quieres que te diga la verdad, yo también habría claudicado.

—De todos modos, ¿me perdonas? ¡Por favor! Eres mi mejor amiga.

—Sí. Te perdono. Me ha dolido mucho, pero lo entiendo.

Nos abrazamos, pero resulta un abrazo torpe. A mí nunca se me han dado bien los abrazos. Prefiero estrechar manos. Cuanto menos contacto humano, mejor. Pero Shelli me lo está dando de verdad. Lo noto. Nunca ha sido una chica mentirosa. Mentalmente me escribo una nota en la que me digo que no debo volver a contarle nada a Shelli. No porque esté enfadada, sino porque está indefensa ante Becky. Se lo sacaría, fuera lo que fuese. Shelli ya está en la escalera y poniéndose el abrigo. Se vuelve a mirarme.

—¿Qué vas a hacer esta noche?

Esta noche, la noche del sábado. La noche de mi cita con Jared, la noche de los Óscar y de la Super Bowl y de la Segunda Venida de Cristo, todo en uno.

—Eh… nada.

Shelli asiente, pero no parece convencida. Normalmente me propondría que saliéramos, pero es prematuro considerando que acabamos de hacer las paces. Sería incómodo. No le guardo rencor. Shelli es buena gente. Lo que pasa es que no tiene demasiada fuerza de voluntad. Su madre, con todo ese extraño rollo cristiano, se la ha apagado.

—Llámame.

—Sí. Mañana.

Y Shelli se marcha. Justo a tiempo para empezar a planear lo que me voy a poner.

Sé lo que estás pensando. Que qué narices me pasa. Yo estaría pensando lo mismo de ti si estuviera en tu lugar. Pero la cuestión es que claramente, desde que Jared se presentó en mi puerta, he sido poseída por los brujos del vudú que me han hechizado para que no pueda dejar de ir a esta cita. No es culpa mía. Su poder es irresistible.

Treinta y nueve

Nadie sabe nada de mi cita con Jared Kline. Excepto mis hermanas, que siguen cabreadas. A mis hermanos seguramente se les ha olvidado ya. A Robby le importa un comino porque los Knights perdieron anoche con los Spartans, así que lleva de mal humor todo el día. Pero la cuestión es que, después de esta noche, todo el mundo lo sabrá. No menos de dos o tres personas estarán también en este tinglado de verbena de Halloween y eso significa que, antes de la media noche, todo el instituto lo sabrá. Y cuando digo todo, es todo. Y en ese todo incluyo a Logan. Logan se enterará el lunes, seguro. Creo. No sé cómo sentirme con todo esto aparte de decididamente… vale, mira, no sé cómo me siento, ¿te enteras? ¡Jesús!

Pero, a ver: imaginemos que no salgo, y que Jared Kline no me gusta lo más mínimo. Entonces podría decirle a Logan… que… pues no sé qué podría decirle. Ni siquiera si sería capaz de decirle algo sin verle apaleando con el remo al tío aquel hasta desparramarle los sesos junto al cobertizo de los botes.

Pero ya se me ocurrirá algo. Sí. A lo mejor podría decirle que la verdad es que no me ha parecido nada romántico el hecho de que haya estado a punto de matar a alguien delante de mí. O también podría decirle que estoy enamorada de él y que es un héroe, que deberíamos escaparnos y ser una especie de ladrones de bancos al estilo *Bonnie y Clyde*.

Como veis, amigos, no lo tengo nada claro. ¿Acaso es posible tenerlo? No hay guión que te diga qué debes hacer cuando estás medio enamoriscada de un inadaptado inestable y el mayor rompecorazones de la historia te invita a salir con él en una cita oficial, para la que incluso ha llegado a pedir permiso a tus padres y todo.

A ver... ¿no acudir a la cita? Eso sería... como, bueno, como no ir a la luna o algo así. Como si Neil Armstrong hubiera dicho, encogiéndose de hombros, «Sí, vale, pero yo paso». Y sí, existe la posibilidad de que sea el mayor artista del engaño, es cierto, pero ¿cómo voy a saberlo si ni siquiera salgo con él una vez? Es solo una cita. Solo eso. Una cita. Nada más.

Y ten presente lo de la posesión del vudú.

Lo más peliagudo de vestirse y salir a cualquier parte en Lincoln, Nebraska, de octubre a marzo, es que hace un frío del carajo, así que ¿qué narices te pones? Es como un acto de equilibrio en el que pretendes hallar la mezcla justa entre Marilyn Monroe y el Hombre de Marshmallow. ¡Es que no puedes salir sin abrigo! Y sin botas, tampoco. Y tienes que llevar tres capas de ropa, da igual donde vayas. Y ahora, intenta que todo eso resulte sexy.

Lo mejor que puedo hacer es ponerme dos pares de medias, botas, una parka, un gorro y... una minifalda. Esa es la parte sexy. Mira, estoy haciendo lo que puedo, pero es que vestirse para una verbena de Halloween que va a ser tanto al aire libre como en sitios cerrados es un problema de estilo que ni Jean Paul Gaultier podría resolver. Al menos espero lograr un sobresaliente en esfuerzo.

Mi madre me está esperando. Está preparando la cena mientras yo finjo no estar nerviosa sentada a la mesa. Ha puesto el salero y el pimentero con motivos de Halloween. Ah, ¿no lo sabías? Mi madre tiene saleros y pimenteros, adornos para la mesa e incluso porcelana adecuada a todas las fiestas de aquí a Navidad. Esta época del año está cargada de festividades que se prestan a cambiar de decoración. Tiene cajas para Halloween. Para Acción de Gracias. Cinco para Navidad. Aquí nos tomamos las fiestas muy en serio. No nos andamos con tonterías.

El salero y el pimentero de Halloween es una pareja de no muertos. Verdaderamente abre el apetito estar cenando mientras miras a un par de figuras sangrando y babeando.

Mi madre se ha dado cuenta de que estoy nerviosa.

—No pasa nada, tesoro. Solo es un chico. Además, ha sido él el que te ha invitado a salir.

—Lo sé, mamá.

—Y si en algún momento ocurre algo que te haga sentirte incómoda, quiero que te vuelvas a casa inmediatamente. Llama a la más mínima. Yo me quedaré aquí, al lado del teléfono.

—Gracias, mamá.

—Incluso puedes tomar un taxi. Te voy a dar dinero para pagarlo, por si acaso.

—Vale, mamá.

—Tú sé tú misma.

—Mamá, estoy nerviosa.

—Lo sé, cariño, pero no tienes por qué estarlo. Tú diviértete, ¿vale? Intenta vivir el momento.

—Mamá, ¿eres una hippie?

Sonríe. Nadie más en la familia le gasta bromas a mi madre, y no sé por qué, porque siempre pilla el chiste. Supongo que todos están demasiado envueltos en sus propios dramas para darse cuenta, pero yo sé que significa mucho para ella saber que la veo. Saber que la quiero. Te juro que, sin ella, sería una de las primeras asesinas en serie de la historia.

—Ese chico tiene suerte de poder pasar un rato contigo, ¿sabes? Piénsalo así.

—Ya. Claro.

—¡Pues claro que sí! Créeme.

Suena el timbre y el corazón se me sale del pecho y aterriza sobre la mesa. Jesús. Esto es horrible. Va a ser la peor noche del mundo. Mejor si ni siquiera hablo. Me limitaré a sonreír y asentir. Y reír. Pero no demasiado. Y tampoco demasiado alto. Solo una risa agradable. Que lo anime. Jesús. ¿Qué narices me pasa? Me estoy deshaciendo.

Va a ser un desastre total.

Mi madre abre la puerta y ahí está Jared. Lleva una parka azul marino de North Face, vaqueros y botas de montaña. Puro Jared.

Aunque en este momento no pueda verlo, puedo decirte ahora mismo que debajo de esa parka lleva una camiseta de Led Zeppelin. Esa en la que sale un ángel cayendo del cielo. Me sonríe, y yo me quedo más o menos sin respiración. Ay, Dios. Esto va a ser un horror. Quizás debería decir que no me encuentro bien y meterme en la cama. Podría fingir que me pongo enferma y salir corriendo.

—Hola. Vengo por la cita con su hija.

—Sí, pasa. No te quedes ahí con el frío que hace.

Jared entra y veo a mis hermanas asomándose desde la otra puerta del recibidor. Miro a Lizzie y ella forma las palabras *estás muerta*.

Jared está de pie esperándome, al lado de mi madre.

Es la última oportunidad de echarme atrás. La verdad es que podría decir que no me encuentro bien.

—Cariño, ¿estás lista?

Mi madre está intentando que todo parezca normal. Pobre mamá. No tiene ni idea de que ha criado una Muppet neurótica que se está deshaciendo.

—Anika, ¿estás preparada?

Ha hablado Jared. Glub. Me doy cuenta de que es la primera vez que tengo una cita de verdad.

—Esta es mi primera cita —se me escapa.

Genial. Qué pringada. Seguro que ahora el que sale corriendo es él.

—¡No me lo puedo creer! Debo ser el tío con más suerte del universo.

Sonríe. Mi madre también. Todo el mundo sonríe de oreja a oreja.

Vale, allá voy.

Me adelanto y, antes de que me dé cuenta, Jared y yo estamos fuera. Fuera en el gélido aire de la noche, el aire en el que puedes verte el aliento, en el que se te congelan los ojos, en el que puedes subirte a un Jeep verde oscuro para ir a la verbena de Halloween donde todo el mundo va a ver que has salido con EL ÚNICO Jared Kline.

Cuarenta

Todos los críos que andan por la Fiesta de Halloween van vestidos de demonios y duendes, de hechiceros y brujas. Es como un submundo en miniatura. También hay uno montón de diminutos Luke Skywalker, Han Solo y Dart Vader. Incluso algunos *Stormtroopers* enanos. Y un mini Chewbacca. Con ese todo el mundo se está volviendo loco. El crío debe tener unos cuatro años y clava el rugido del Wookiee.

Hay una casa encantada, un huerto de calabazas, una adivina y un juego de pescar manzanas con la boca en un barreño lleno de agua.

Por ahora hemos tomado sidra caliente y donuts, y Jared ha intentado (y no lo ha conseguido) ganar para mí un gato de peluche negro y naranja en un juego en el que tenía que lograr colar unas pequeñas bolas en agujeros variados. Se pasea por la verbena como si fuera el alcalde de Halloween.

Con la cabeza alta, debe medir un metro ochenta o así.

—¿Puedo hacerte una pregunta?

No podía contenerme.

—Dispara.

—¿Por qué eres tan feliz siempre?

—¿Y por qué no? Hace una bonita noche, la luna brilla en el cielo, ese crío va vestido de Chewbacca y yo voy con la chica más guapa del mundo.

—Ya. Creo que lo que quieres decir es que estás con la chica más guapa de este camino de calabazas.

—Bueno, es que este huerto de calabazas es el mundo en este momento. O a mí me lo parece.

Tendría arcadas si esto lo hubiera dicho cualquier otro ser humano en el planeta.

Esquivamos un grupo de mini princesas vestidas de rosa y púrpura que mueven su varita mágica.

—Resultarías muy convincente como gancho en una estafa. Se te daría de maravilla.

—Gracias, pero no lo soy. Anika, en serio, no soy un falso. La gente lo dice por celos, o porque son estúpidos, o porque no tienen otra cosa mejor de la que hablar.

No sé qué contestar. Pienso en lo de Stacy Nolan. Fue todo una mentira, y la gente se lo tragó como si fueran palomitas dulces.

Dos puestos más allá, Jenny Schnittgrund se está tomando una sidra con Charlie Russell.

Pasamos por delante de ellos, y a los dos se les cae la sidra del vaso de pura ansia antes de salir escopetados. ¡La fábrica de rumores empieza a echar humo!

Jared se detiene de golpe y se vuelve hacia mí.

—Hay algo en ti, Anika. Eres... misteriosa o algo así.

—Misteriosa. ¿Te refieres por ejemplo a lo de antes, cuando te he dicho así sin más que nunca había salido con nadie?

—Sí, a eso —sonríe con suficiencia—. No, en serio. No sé... es... es como que me gusta pensar en ti. Me gusta mucho.

—¿En serio?

—Sí.

—¿Por qué?

—Tengo que reconocer que te gusta ir al grano, ¿eh?

El huerto de calabazas se está volviendo loco con tanto duende en miniatura, así que nos vamos a la casa encantada, seguramente el lugar elegido por Jared para intentar darse un revolcón conmigo en la oscuridad. Pero antes hay que sacar la entrada, y yo hago cola mientras él va a comprarla.

Mientras estoy ahí de pie, me pregunto si todo esto no será una especie de chiste como en esa película en la que a la chica le echan por encima un cubo de sangre en el baile de graduación. Es que... hablamos de Jared Kline. J-a-r-e-d K-l-i-n-e, actuando como lo está haciendo. Es como si hubiera entrado en un universo paralelo. Veo a un par de Ewoks en miniatura intentando convencer al chico de la casa encantada de que los deje entrar. El pobre les dice que son demasiado pequeños y ellos le ponen ejemplos de las cosas que han podido hacer, aunque son pequeños: ver *Supermán*, conducir un kart. Al chico le está haciendo gracia. Nos sonreímos. Sí, son una monada, desde luego. Los Ewoks continúan defendiendo su caso, pero, en ese preciso instante, toda su dulzura, todo su encanto, toda su luz se ve ahogada por la aparición de la criatura más siniestra de toda la Feria de Halloween:

Becky Vilhauer.

Debería haberlo sabido.

Está allí de pie como si llevase horas plantada en el mismo sitio y Shelli está detrás de ella, otra vez, con aspecto de gatito perdido. Las dos van disfrazadas. De putas. Ay, perdón. De brujas.

—La has cagado.

—Eh... hola.

—Creías que podías venir a pasearte por aquí con tu supernerdo, ¿eh?

—¿Qué?

—No me puedo creer que seas tan idiota. ¿De verdad habías pensado que podías salir a darte una vuelta con ese friki sin que nosotras nos enteráramos? No sé, tía, si es que tienes el cerebro frito o qué...

—Buenas noches, señoritas.

Jared ha vuelto. Trae las entradas.

Si se pudiera despegar la expresión de una cara como se despega la etiqueta de un frasco, me gustaría quedarme con estas dos pegadas en la pared de mi habitación para el resto de mi vida.

La de Becky es la misma que pondría si hubieran aterrizado unos alienígenas, mientras que la de Shelli es la que se le quedaría si Jesús levitase delante de ella.

O sea, que jamás en la historia del tiempo se han llevado dos chicas una sorpresa que las dejara sin respiración como aquella.

Dios, ojalá mis ojos fuesen una cámara.

Becky intenta recuperarse.

—Yo… es que… qué hay, Jared.

—Eh —aúlla Shelli.

Pero claro, Becky no está satisfecha. Tiene que hacer el día. Tiene que ganar.

—¿Qué haces aquí con él? Creía que tenías novio.

Y ya está. Mi noche de las mil maravillas termina aquí. Se acabaron las galanterías en el huerto de las calabazas. Seguramente me va a dejar aquí plantada. A Becky le encantaría. Me obligaría a que le pidiese de rodillas que me llevara a casa. Seguro. Bueno… podría llamar a mi madre.

Pero Jared dice:

—Claro que tiene novio.

Y me sube en sus brazos como si fuera a entrar conmigo a casa por primera vez o algo así, y mira a Becky a los ojos.

—Yo.

Y dicho esto, se me lleva hacia la oscuridad de la noche de los mil duendes, dejando caer al suelo las entradas porque a quién le importa entrar en la Casa Encantada de Halloween cuando Jared Kline te lleva en sus brazos y tú te sientes como si volases en un cohete.

Cuarenta y uno

Ahora estamos en el Jeep de Jared, de camino a casa. Me mira.

—Siento que no hayamos hecho lo de la Casa Encantada, pero creo que los dos sabemos qué era lo más terrorífico de toda la Feria de Halloween.

—¿Eh?

—Beeeeecky Vilhaaaaauueerrr.

Pone las manos como garras y finge clavármelas.

Nunca me había imaginado que Jared Kline fuese tan ocurrente. Creía que era más de una inteligencia media, o en el mejor de los casos, de la de un colgado. Es que su hermano pequeño, Brad, una vez levantó la mano en clase de biología y preguntó si los árboles eran seres vivos. Palabrita del niño Jesús.

—¿Y qué vamos a hacer ahora?

—Bueno, pues ya que soy un falso, te voy a llevar a casa para que tu madre no se preocupe.

—*Touché.*

—Ah, vaya. ¿Hablas francés?

—*Je ne parle pas français.* Significa que no hablo francés.

—*Oooh là là.* ¿Quién te lo ha enseñado?

—Mi hermano. Henry. A veces hacemos el tonto juntos. Le encanta todo lo francés.

—Ah, ya… cruasán francés, tortilla francesa…

165

Jared sonríe, y los dos nos empezamos a reír como tontos. Pero me aterroriza pensar en el momento en que lleguemos a mi casa. El corazón se me sale del jersey. ¿Qué va a hacer? ¿Me besará? ¿Quiero que lo haga? ¡Pues claro que quiero que me bese! No, no quiero que lo haga. ¿Y si yo no sé hacerlo bien? ¿Por qué iba a hacerlo bien? La única persona a la que he besado es a mi no- novio Logan.

Llegamos frente a mi casa y para el motor.

Creo que piensa que es el sitio perfecto para liarse.

—Vamos, te acompaño hasta la puerta.

—No, no hace falta que...

—Nunca se sabe qué clase de esqueletos pueden estar esperando entre los arbustos. Ya has visto a los críos de la feria. Andan sedientos de sangre.

Me bajo del Jeep y echo a andar hacia la puerta. La mayoría de luces están apagadas, así que supongo que no pueden vernos. O quizás solo un poco. Nunca se sabe.

—Bueno, Anika. Me ha gustado mucho estar esta noche contigo.

—¿En serio?

—Sí. Me gusta estar contigo. Estar cerca de ti.

—Vaya. No sé qué...

—¿Estás pensando en lo que he dicho de que eras mi novia? Es que quiero que lo seas.

—Pero es una locura. ¡Si no me conoces! ¿Es que no tienes un montón de...

—No —suspira—. Mira, no sé qué te habrán dicho de mí o dónde lo habrás oído, o lo que sea, pero no soy un mal tío. Soy un tío como cualquier otro. Y todo eso que has oído es solo... ruido.

—Vale.

—Entonces, ¿eres mi novia?

—Supongo que sí.

Cada palabra que me oigo decir es como si saliera de debajo de una piedra. No puedo creerme lo que está pasando, y tengo la sensación de que si hablo más alto, romperé el hechizo. Me despertaré y me daré cuenta de que todo ha sido un sueño.

Me toco el colgante que llevo al cuello.

—No voy a besarte, Anika.

—¿Qué? ¿Por qué no? —eso ha sonado mal—. Quiero decir que…

—Porque sé que hay una parte de ti que sigue pensando que soy un farsante, y quiero demostrarte que no lo soy. Soy solo un tío al que le gustas.

Una luz se enciende en el salón.

—Debe ser mi madre.

—Buenas noches, Anika —se despide, y con una mano me aprieta el hombro con un gesto tranquilizador.

Y se vuelve a su Jeep, y desaparece de camino a la nube de la que ha debido bajarse. Antes de alejarse me dice.

—Dulces sueños.

Y se marcha. Y yo me quedo allí de pie, en el porche delantero de mi casa, preguntándome qué ha pasado. Tiene razón. Mis sueños serán muy dulces porque me siento como la chica cuyos sueños nunca llegaban a hacerse realidad, y me pregunto hasta cuándo podrá durar este.

Cuarenta y dos

Pedaleo rápido, rápido, rápido. La rueda de atrás está oxidada y chirría, chirría, chirría. Este es el momento, este es el momento y ahora los árboles y las hojas y la acera me dejan pasar, y ahora hay círculos azules y rojos, y sirenas, y furgonetas rojas y blancas, y los árboles, y las hojas y la acerca musitan que han intentado detenerme, han intentado detenerme, y lo han hecho.

Pedaleo rápido, rápido, rápido, este es el momento. Pensaste que podías cambiarlo, recuerda lo convencida que estabas de que podía cambiarlo, y quieres echarte a reír a carcajadas, lo pensaste, pero no hay risa. Ahora no hay risa.

Cuarenta y tres

Ahora sé lo que tengo que hacer con lo de Tiffany. Me he estado comiendo la cabeza desde la noche en que la despidieron y ahora sé de que único modo se pueden arreglar las cosas. O lo más parecido a arreglarlas. Tengo que darle el dinero. Seguro que te has preguntado cuánto hay. ¿Cuánto le habrán birlado al Bunza la señorita del mostrador y su secuaz Shelli?

Respuesta

(Redoble de tambor, por favor...)

Exactamente mil doscientos treinta y seis dólares y cincuenta centavos. Sí, damas y caballeros. Puesto en números es así: 1.236,50$.

Y Tiffany se va a quedar con todo.

No intentes quitarme la idea de la cabeza porque ya lo he decidido. De hecho voy de camino a su casa. Aún me falta más de la mitad del recorrido y ya se me ha congelado la nariz, muchas gracias. Hace uno de esos días casi invernales en los que el cielo tiene el color de unas gachas de avena y la tierra está blanquecina por el hielo. Ni siquiera hay nieve que pueda imprimirle un poco de carácter. Solo frío de ese que invita al suicidio.

Mi padre el vampiro, suele decir: «*Iste* tiempo es un castigo». Y tiene razón. Da la impresión de que te estén castigando por algo, pero ¿por qué? A lo mejor es por vivir en un sitio tan cutre como este y no hacer nada al respecto.

Y hablando de cosas deprimentes… este edificio de apartamentos con fachada de estuco podría tener un cartel colgado que dijera «LA JODIMOS». Alguien que no esté en la universidad, o pasando por un espantoso divorcio tiene que sentirse fatal si tiene que llamar a este sitio su hogar. El hecho de que haya un Burger King en la acera de enfrente no ayuda. Es que la calle entera huele a hamburguesa de queso.

Cuando llego a la puerta me doy cuenta de que es una estupidez y desisto. ¿Y si no está en casa y me contesta su encantadora madre? A ella no puedo darle el dinero. Seguramente se lo gastaría en algo que la hiciera todavía más encantadora. Sea lo que sea. Supongo que yo también estaría permanentemente de mal humor si tuviera que vivir en este agujero de mierda. La puerta se abre antes de que yo haya llamado y aparece Tiffany. Se queda inmóvil, mirándome, y es como si se encogiera ante mis ojos.

—Eh.

Lo sé. Tengo un don de palabra que ya…

—Eh.

Sigue encogiéndose.

—Mira, yo… oye, ¿podría pasar? Es que hace frío…

—Mm… ¿seguro?

Ah. Entiendo. Tiffany no quiere que vea su casa. Yo tampoco quería que Jared viera mi casa después de haber estado en la biblioteca de la suya con esos óleos náuticos.

—Sí, ya… bueno, es que hace frío aquí fuera.

—Vale.

Entro y no está tan mal en realidad. Hombre, no es que se pueda comer sopas en el suelo como en nuestra casa. Los rincones están mugrientos, pero se nota que se ha hecho un esfuerzo barriendo y limpiando el polvo que podría calificarse entre bueno-ya-vale y a-quién-le-importa-de-todos-modos.

Por el momento, ni rastro de mamá. Gracias a Dios.

—Bueno, es que… me sentía mal porque te hubieran… despedido, y entonces…

—Lo sé. Fue una estupidez. No sé qué…

—No, no tienes que disculparte.

—No, es que de verdad…

Ay Dios, ¿se lo voy a decir? Si lo hago, podría tomar represalias contra mí. Y contra Shelli. El señor Baum presentaría cargos también. Cargos por 1.236,50$. Seguramente más por su orgullo herido. Y por ser bajito. Y gordo. Y porque le haya estado envenenando.

—Mira, Tiffany, nosotros también hemos robado.

—¿Qué?

Ay, Dios. Tiffany ha puesto una cara como si acabase de decirle que los alienígenas han aterrizado en Topeka. Esto va a ser una mierda. Por Dios, que no se chive.

—Sí. Lo hemos hecho. Tenía incluso todo un sistema…

—¿Pero por qué?

—Pues porque soy idiota.

—Pero eres rica.

—Supongo que no lo suficiente.

Las dos nos quedamos mirándonos la una a la otra. A lo mejor ambas estamos pensando que nunca se puede ser lo bastante rico. Puede que ese sea el problema.

—Hemos sido unas idiotas.

—¿Shelli también?

—Sí.

—Pero su madre es cristiana.

—Exacto.

Tiffany sonríe.

—Mira, en realidad no hay una razón. Supongo que es que soy una persona horrible y nada más.

—No, no lo eres. ¡Me salvaste el culo!

—Puede ser, pero sobre todo porque me sentía culpable. En fin… toma.

Le entrego el dinero metido en un envoltorio de papel del Bunza Hut. Lo abre y se lo acerca, se lo acerca, hasta que los ojos casi se le salen de las órbitas. Es una bolsa de papel del Bunza Hut en la que servimos las papas fritas.

—¡Dios bendito!

—Lo sé. Es un montón.

—¿Cómo habéis…

Yo me encojo de hombros.

—Teníamos un sistema.

Tiffany me mira, y me doy cuenta de que su opinión de mí está cambiando a marchas forzadas.

—Creía que eras perfecta.

—Pues… no.

—Bueno, eres muy lista. A lo mejor es eso.

—Gracias. Cuando era pequeña creían que era retrasada, luego me hicieron pruebas y resultó que tenía un coeficiente alto o yo que sé, así que debo ser una retrasada lista.

—¿Cuánto hay aquí?

—Pues más o menos mil doscientos treinta y seis dólares y cincuenta centavos.

Tiffany mira a su alrededor. Dios, espero que no esté su madre.

—No puedo aceptarlo.

—Sí que puedes. Y lo vas a hacer. Tienes que hacerlo. No podría mirarme al espejo si no lo haces. No podría.

—¿Estás segura?

—Sí.

—¿Y qué se supone que voy a hacer con esto?

—Dárselo a tu madre, no, desde luego.

—Ya te digo.

Las dos nos quedamos en silencio. ¿Qué se hace con el dinero? Todo el mundo pierde la cabeza por él pero, una vez lo consigues, ¿qué se hace con él? ¿Darle un abrazo?

—¿Meterlo en el banco?

—Sí. Es buena idea. Gracias. Muchas gracias.

—No. No me des las gracias. Soy una imbécil.

—¿Me lo has traído porque sientes lástima de mí?

—No lo creo.

—Bien.

Oímos pasos fuera y a las dos nos paraliza el miedo. Por favor, que no sea su madre. Por favor, que no sea su madre.

—Bueno, mejor me voy. Llámame, o pásate. Cuando quieras. Estaré por ahí.

—Sí, lo haré. Te llamaré.

Y sé, cuando bajo las escaleras y dejo atrás la cancela de hierro y las paredes de estuco, que no llamará. Sé que ni llamará ni se pasará jamás.

Cuarenta y cuatro

En lo que va de día el sol nos ha engañado, porque aunque brilla tanto que parece que hubiera veinte grados, en realidad no llegamos ni a cero.

Estamos casi a final de semana. Es jueves. El mejor día. Toda la anticipación que nos depara la cercanía del fin de semana, pero no el temor. He venido evitando prácticamente a todo el mundo, Shelli incluida, yendo a clase por distintos caminos... no sé. En realidad es que no sé qué hacer con todo esto así que me escondo. Si pudiera transformar el techo en una manta y meterme debajo, lo haría.

Estamos en clase de Arte del señor Stoner. Tenemos que crear una instalación artística de los setenta y, por ahora, todo lo que tengo es un diorama blanco brillante en forma de caja de zapatos y ni la más remota idea de qué hacer con él.

Se supone que la idea general es que tienes que crear un espacio en el que todo el que entre experimente una reacción emocional. Yo he decidido crear un espacio en el que, el que entre, quede aterrorizado.

Pero por ahora, mi brillante idea pulula por mi cabeza ocultándose a mí, y el único modo de sacarla a la luz parece ser quedarme aquí sentada y mirar por la ventana.

¡Jesús bendito! Salta la alarma y una vez más nos sacan a todos fuera, al frío, y todo el mundo me mira expectante.

—¿Qué? ¡Yo no he sido!

Igual que la última vez que tuvimos que esperar, nos miramos los unos a los otros, charlamos, observamos cómo nuestra respiración parece aliento de dragón y volvemos a entrar, por fin, antes de que tengan que llevarnos a todos al hospital por hipotermia.

Supongo que no voy a tener que trabajar demasiado para idear una instalación, porque una vez volvemos a entrar, hay... hay una instalación.

Es así:

La sala entera está llena a rebosar de... mariposas. Pero no cualquier clase de mariposas, sino las más hermosas que te puedas imaginar.

Mariposas azul brillante, casi púrpuras a la luz, volando por toda la sala, reflejando luz azul brillante en sus alas. Cientos de ellas.

Para que lo sepas, yo ya había oído hablar de esto antes. Mi madre dice que mi tío lo hizo en su boda, en Berkeley, donde todo el mundo es socialista, pero hippie, y rico también, y le interesan las extravagancias con mariposas, supongo. Contó que abrieron varias cajas de mariposas después de la ceremonia, y que todo el mundo suspiró y silbó hasta que, casi inmediatamente, todos los insectos murieron, lo que resultó extraño y medio deprimente. Pero estas mariposas no se están muriendo. De hecho, parecen estar encantadas de poder moverse por este espacio artístico.

Por supuesto todo el mundo se ha puesto como loco. Hay *ooohs* y *aaahs* y *tíííaaa*, y *qué pasada*, y por supuesto todos los ochenteros están alucinados. Algunas chicas dicen que las mariposas les dan miedo. Puede que solo sea para llamar la atención. Sí. Es exactamente lo que están haciendo, porque digo yo, ¿desde cuándo las mariposas dan miedo?

Si pretendieras hacer una película sobre una mariposa rabiosa, todo el mundo se te reiría en la cara. Aunque, como ese escenario imaginario tendría lugar en Hollywood, ¿quién sabe lo que podría ocurrir? Igual se te reirían en la cara antes de meterse una raya de coca a la salud de la siguiente estrella.

Nota para mí misma: no ir nunca a Hollywood.

Supongo que esto vale como instalación exitosa.

Mi diorama blanco de caja de zapatos sigue en mi sitio, y no hay ningún dibujo increíble que pueda ocupar su lugar, de modo que estoy oficialmente libre de culpa en este caso.

Pero eso no quiere decir al cien por cien, completamente, al millón por ciento, que no sea obra de Logan McDonough. Por si tuviera alguna duda, hay una pequeña mariposa azul de tela prendida de mi mochila. Lo sé porque nunca había tenido una mariposita azul de tela prendida en el costado de la mochila. Y si piensas que por esto voy a enamorarme perdidamente de Logan, pues... te equivocas. Me niego a que ocurra, pase lo que pase, así que déjalo.

Además, si piensas que he andado cabizbaja echándolo de menos y deseando dar la vuelta en una esquina y encontrármelo escondido en los arbustos, de donde saldría para darme el beso de mi vida, un beso que pudiera borrarlo todo, incluido el encantamiento de vudú que Jared ha debido hacerle, pues tampoco es cierto. Lo juro.

El profe de Arte se vuelve hacia mí.

—Anika, ¿era este tu proyecto?

Lo sé, ya lo sé. Se supone que debo ser una buena persona y decir siempre por favor y gracias, no decir nunca cosas desagradables y decir siempre la verdad.

Hago una pausa y...

—¿Me va a poner un sobresaliente?

Cuarenta y cinco

Seguro que te estás preguntando qué voy a hacer ahora con Logan, ¿eh? Pues no eres el único. Créeme si te digo que no pensé que las cosas fueran a salir así. Ni de lejos. ¿Cómo iba yo a poder imaginarme que, de repente, se me iba a presentar esta especie de Príncipe Azul con camiseta de Led Zeppelin a quien todo el mundo adora, con todas sus armas relucientes? No ayuda que todo el mundo piense que Jared es un súper Dios y Logan un superfriki, aunque puede que también sea una especie de genio artístico. Lo sé, lo sé. Lo de friki no debería importarme. ¿Por qué tendría que hacerlo? Pero lo cierto es que... sí que me importa. Digamos que me importa, y mucho, no hay necesidad de adornarlo. Me importa lo que la gente piense de mí. No soy Jesucristo. Soy solo una chica en el mundo.

Y, por otro lado, no quiero hablar de... ya sabes, ese tío del cobertizo. Ese tío era un cubo de mierda que apestaba a whiskey y que seguramente iba a raptarme para enterrarme viva en un aparcamiento de camiones.

Y Logan ha hecho saltar no una, sino dos, cuéntalas bien, dos alarmas de incendios para impresionarme. Aunque, siendo sincera, no estoy segura de si lo de la alarma de incendios lo coloca en la columna de los locos o en la de los genios. El jurado se ha retirado a deliberar. O sea, que todo esto no hace más que darme vueltas y más vueltas en la cabeza y no aterriza nunca.

Me voy a volver loca.

Todo esto es la razón de que me haya ido hoy temprano a la cama y me haya encerrado en mi habitación para poder dedicarme a mirar al techo y preguntarle a Dios qué tengo que hacer. Sé que mucha gente piensa que lo de Dios es un chiste, pero yo tengo la sensación de que está ahí arriba, por algún lado. Hay demasiadas cosas como para que no lo esté. Como, por ejemplo, todo. O sea, ¿de dónde vino todo?

Estuvo el big bang, claro. Pero ¿y antes de eso? ¿Quién desencadenó el big bang? ¿Alguien se lo ha preguntado alguna vez? Bueno, mira, está ahí arriba y yo lo sé, y cualquiera que piense que somos la forma de vida más inteligente del universo es porque, obviamente, nunca ha estado en Nebraska.

Confía en mí.

Mi madre me compró una luz nocturna que proyecta a una vaca saltando por encima de la luna y que va describiendo pequeños círculos en el techo. Unas estrellas felices y sonrientes rodean a la luna y cantan una canción de cuna, que yo he silenciado porque me di cuenta, en un momento determinado, que esta luz nocturna es para bebés. Supongo que mi madre piensa que necesito muchos mimos. Y, a lo mejor, tiene razón. Si no enciendo la luz, no consigo dormirme. Ni de coña. Es como una maldición, un signo de una determinada maldición. Nos la dejamos una vez que fuimos a visitar a mi tía, y mi madre tuvo que volver con el coche a buscarla porque habían pasado dos días y yo no había pegado ojo. En parte por eso todo el mundo en la familia dice que soy «especial». No es un cumplido. Es que piensan que me falta un tornillo.

Así que en este instante estoy viendo saltar a la vaca por encima de la luna y preguntándome qué le voy a decir a Logan. Se me ha ocurrido que podía decirle algo así:

—Logan, soy idiota. No sé qué hacer, pero seguramente deberías alejarte de mí porque estoy hecha un lío y no tengo autoestima, y además, creo que podrías ser un sociópata. Pero mira, eres un tío increíble y genial, y a veces me gustaría poder encogerme para caber en tu bolsillo y vivir ahí para siempre, pero también me preocupa que puedas haber perdido un tornillo y que te vuelvas contra mí, me saques del bolsillo y me aplastes como si fuera un gusano al lado del cobertizo de los botes.

Eso es todo lo que tengo por ahora.

También he pensado que podría intentarlo con unas flores.

Ese es el pensamiento que tengo en la cabeza cuando se oye un golpe en la ventana, justo por encima de mi cabeza. A continuación, otro. Y otro. Si lo oye el ogro, me voy a enterar, así que me asomo por la ventana y allí está, entre los árboles. Logan. De pie bajo mi ventana como un Romeo estilo *mod*.

Me temo que no se lo voy a poder decir con flores.

La ventana chirría cuando la abro. Eso no es bueno. Podría ganarme por lo menos dos semanas de arresto si el ogro se despierta.

—¡Logan! ¡Chist! ¿Pero qué…

—Ya sé que estás enfadada conmigo, y lo entiendo, pero… quiero enseñarte una cosa.

—¡No puedo! ¿Estás de coña?

Los dos nos gritamos con susurros. No se me ocurre una forma peor de romper con alguien.

—¡Venga, por favor! Es superchulo. En serio.

—No, no puedo. No me puedo arriesgar. Mañana te llamo…

—¡Por fa!

—No.

—¿No? Anika, vamos. En serio.

Uf. Voy a tener que hacerlo, ¿no? Ahora mismo, en plena noche, por una ventana helada.

—Logan, luego te llamo, cuando…

Ahora llega el momento en el que algo en el aire cambia. Todo el amor de cachorrito se vuelve espinoso y Logan se yergue.

—¿Se puede saber qué pasa, Anika?

—¿Qué?

Por supuesto, sé perfectamente a qué se refiere. Que estoy cortando. Estoy cortando porque tuvo esa reacción de psicópata y aunque por otro lado ha hecho todas esas cosas geniales, ahora ya no importa, porque Jared Kline me ha llevado a una nube y aunque me siento mal, y aunque siento que le he dado alas y que hemos tenido todos esos encuentros románticos, y lo de las alarmas de incendios, y las escapadas en moto, aunque durante un corto espacio de tiempo sentí que estábamos en nuestra propia película, ahora todo eso ha cambiado, todo ha cambiado, y él no lo sabe, y ahora sabe que lo estoy dejando.

Y me está mirando como un barco que se hunde.

—Logan, es que… es que… bueno, creo que deberíamos ir más despacio o algo así.

¿Ir más despacio? Lo que tú quieres decir es «parar». Lo que quieres decir es parar y él lo sabe, y tú lo sabes, y lo iba a saber en cualquier momento porque prácticamente todo el mundo sabe que eres la novia de Jared Kline.

—¿Qué? ¡Pero qué narices… qué cojones pasa, Anika?

—Logan…

—¿Es por lo del cobertizo? ¿Es eso? ¡Ya te dije que se me fue la olla! Pero por protegerte a ti.

—Lo sé. Es que… no sé que decir. Yo…

—Vale, yo lo digo por ti. Eres una cobarde, ¿qué te parece? Eres una rajada que no sabe plantarle cara a las imbéciles de sus amigas.

Y en cierto modo tiene razón. La tiene.

—No, es que…

—Anika, vale. Lo entiendo. Lo entiendo, joder.

Y echa a andar.

Ahora está entrando aire frío, y no sé si es por el frío o es por mí, pero los ojos se me están humedeciendo. Debe ser el aire. No puedo dejar que esto me afecte. No puedo.

Se da la vuelta.

—Solo para que lo sepas. Yo te quería, joder. Te quería con toda el alma.

Ahora las lágrimas caen y él se marcha, deja atrás los árboles, llega a la acera. Y yo me siento, cierro la ventana y contemplo mi reflejo en el cristal, y no me importa decirles, *ladies and gentlemen*, que no me gusta lo que veo.

Cuarenta y seis

Al día siguiente ocurre algo que se podría contar en *El mejor momento jamás contado*. Ten en cuenta que toda mi vida he sido como una especie de ciudadana de segunda aquí. Siempre ha sido como si me dijeran «no te vengas arriba», o «ya sabes cual es tu sitio».

«No eres uno de nosotros». Eso es lo que siempre ha palpitado debajo, y por eso hoy, este día, constituye un momento que nunca creí que estaría reservado a una chica como yo. Sería un momento para Becky o Shelli, o para otra que tuviera un apellido normal. No una friki con un padre vampiro y un apellido que tienes que repetir tres veces para que a la gente se le quede.

El sol decidió volver triunfal después de clase, así que es uno de esos días fríos de otoño en los que el cielo tiene el color de un mármol azul brillante y puedes estar fuera sin que se te vea la respiración. Becky y Shelli van delante de mí, y yo voy detrás de Shelli como un perrito faldero, pero ocurre algo un poco más adelante y sé que es gordo porque, cuando salimos, se oye como el chirriar de una aguja sobre un disco. Es como si cantaran los grillos y todo lo demás estuviera en silencio, aunque hay un millón de personas; y esa marea de gente se está abriendo en dos como el mar Rojo delante de nosotras, dejando a Becky a Shelli y a mí en el medio, haciendo de Moisés. Pero Becky y Shelli se apartan y quedo solo yo. Ahora yo soy Moisés. Shelli musita algo. Creo que se dirige a mí, pero no la oigo. Ahora es Becky la que me dice algo en voz baja, y creo que me lo dice a mí, pero tampoco la oigo. No la oigo porque lo único que puedo hacer es ver, y cuanto veo es a Jared Kline.

Está de pie allí, apoyado contra su Jeep, como Elvis.

Y me mira.

Sonríe al verme, como el gato que se comió al canario, luego a los hermanitos del canario, y luego a la abuela del canario. Me sonríe del único modo en que puedes sonreír si tienes a toda la población de aquel pueblo, de aquel condado, de aquel estado, enamorada de ti.

Y todo el mundo, todo el mundo en el que has podido pensar alguna vez, está allí para presenciarlo. Jenny Schnittgrund. Chip Rider. Stacy Nolan. Joel Soren. Charlie Russell. Todos.

Pero tendrías que ver a Becky. Es como si estuviera teniendo una reacción alérgica. Como si fuera a brotarle urticaria. No se lo puede creer. Está ocurriendo justo delante de sus narices, pero no puede creer que esté ocurriendo, y no quiere creer que esté ocurriendo, y está aterrorizada porque sabe que sí, que está ocurriendo. Pero hay algo más en todo esto. Un cálculo.

Y cuando Jared Kline sube los peldaños, sí amigos, sube los peldaños de la escalera para recibirme, darme un beso en la mejilla delante de todo el mundo, y quitarme los libros de la mano delante de todo el mundo, Becky se me acerca y me susurra:

—Deberíamos vernos más.

En serio. Eso es lo mejor que se le ocurre. Un cambio de tercio tan sumamente obvio y descarado. Ya nada de aquel «sangre sucia», ni de su «inmigrante». Solo un desesperado, patético, descarado intento. *Deberíamos vernos más.*

Sí, Becky. Deberíamos vernos más. Deberías salir más con una inmigrante de sangre sucia como yo, a la que decirle qué debe hacer.

Y luego está Shelli. No tengo que mirarla para sentirlo. Es como una madre orgullosa o algo así. Está a punto de ponerse a dar saltitos de alegría.

Pero en este instante ni Becky ni Shelli existen. Ahora solo existe Jared Kline. Ahora solo existe bajar la escalera mientras Jared Kline me lleva los libros. Ahora solo existe Jared Kline abriéndome la puerta de su coche y haciendo un gesto de caballero o algo por el estilo. Ahora solo existe Jared Kline subiéndose al asiento del conductor, acelerando y saliendo de allí como si fuéramos hacia el espacio exterior.

¿Y qué se ve por el retrovisor? Pues por el retrovisor, todo Pound High School es un bloque de estudiantes con la boca abierta, y en el centro de todos ellos, delante de todos ellos, con la boca más abierta que ninguno de todos ellos, está Becky Vilhauer.

Cuarenta y siete

Mucha gente no lo sabe, pero lo único que tienes que hacer es conducir en dirección este desde Lincoln para llegar a una zona de campo, toda ella de colinas verdes, tierras de cultivo y caminos de tierra, con una granja de tarde en tarde. Es la clase de sitio donde mejor no perderse, ni que se te pinche una rueda, porque tendrías que caminar un montón y a lo mejor te recogería un asesino en serie que te metería en su sótano para intentar comerse tus riñones.

Subir y bajar por estas colinas con Jared Kline en su coche resulta casi mareante. Es que es todo el rato arriba, arriba, arriba, y abajo, abajo, abajo para, a continuación, volver a empezar. Es como estar en una montaña rusa hecha de polvo y a punto de congelación.

Jared para el Jeep en mitad de ninguna parte. Y lo digo literalmente, porque para en mitad de una colina. Me doy cuenta que no hay un coche en kilómetros a la redonda, pero aun así… Ni siquiera se ha apartado al arcén ni nada. ¿Por qué se ha parado allí? Esto no pinta bien.

—Eh… creo que no deberíamos pararnos en mitad de la carretera, ¿no?

Oigo mi voz y parece de lata. No es mi voz. Es la de otra persona. Alguien pequeño.

—Bah, no hay nadie por aquí.

—Pero… es que… yo creía que me ibas a enseñar algún sitio especial o algo.

184

Él asiente y hace un gesto por la ventanilla con el que abarca las colinas y la vista panorámica de tarjeta postal.

—¿No te parece especial todo esto?

—Supongo.

—Vamos, ¿qué pasa? ¿Ocurre algo?

Pasan unas cien cosas.

—No sé. Hay… una chica en el trabajo. La han despedido.

Por qué hablo de esto es algo que se me escapa. Me ha salido sin más y ahora va a ser el tema de conversación allí, en mitad de ninguna parte.

—¿Sí?

Finge interés.

—Sí. Supongo que estoy deprimida porque no es justo. La verdad es que ha estado mal.

Silencio.

—¿Sabes lo que quiero decir? Es que me siento culpable.

Jared se encoge de hombros.

—¿Para qué sirve sentirse culpable?

—¿Qué?

—Lo que quiero decir es que no parece que sirva de mucho, ¿no?

—No sé.

—Mira, no ha sido culpa tuya, ¿no? Pues entonces, olvídalo.

Y vuelve a encogerse de hombros. Dios, parece casi un tic.

Pero se queda callado y aburrido, y de pronto me parece un desconocido. Es decir, ¿qué ha sido de ese gesto grandioso que ha hecho delante de todo el mundo en el instituto? Esto no tiene sentido. Él no tiene sentido. Es como si hubiera cambiado el chip en dos segundos. Sin avisar. Ha pasado de ser el Príncipe Azul a un fideo cocido.

—Creo que debería irme a casa. Mi madre estará preocupada por mí.

—Vamos… podrás salir un poco.

Y se acerca. Y me mira como echando humo. Como si estuviéramos en una especie de telenovela.

¡Ajá! ¡Este es el Jared del que todo el mundo me había hablado! El delincuente sobón. El artista del engaño en el que yo sabía que no debía confiar. Aquí está, damas y caballeros, en toda su gloria de farsante.

—Espera... —digo yo, pero Jared Kline prácticamente salta sobre mí y me aplasta con su boca sobre la mía. También sus manos se han sumado al asalto, manos que intentan ir a otro sitio y muy rápido.

Yo le empujo.

—¿Pero qué haces?

Da marcha atrás. Vuelve a su asiento. Parpadea varias veces.

—Anika, ¿qué pasa?

—¿Cómo que qué pasa? Que estoy intentando hablar contigo, pero a ti te importa un comino. ¡Lo único que te importa es besarme!

—Vale, sí que me importa. Pero también... y si quieres puedes denunciarme porque sé que es horrible, también quiero besarte. ¿Y sabes por qué? Porque estás buenísima.

—Genial.

Se cruza de brazos.

—Ah, ya. Menudo insulto, ¿eh?.

—Mira, si quieres que te diga la verdad, no me interesa.

Me mira como si nunca nadie le hubiera hablado así antes. Jamás en la vida.

—Lo siento —añado en voz baja—. No sé. Será que soy idiota o algo.

Me mira durante mil años y yo empiezo a pensar cómo voy a volver a casa cuando me eche a patadas de su coche, teniendo en cuenta que se está haciendo de noche ya, estamos en otoño, y nada de esto es exactamente como yo lo había planeado. Ni de lejos.

—Joder. Eres... en serio, eres muy dura contigo misma, ¿lo sabías?

—¿Qué?

—Y no eres idiota, Anika. Ni mucho menos.

Estoy casi segura de que esto significa que va a arrancar el coche y va a llevarme a casa. Fin de la partida. Pero no es eso lo que ocurre. Jared Kline me pregunta:

—¿Eres virgen?

—¿Qué? ¡Cállate! ¿Por qué me preguntas eso?

—Pensaba que a lo mejor... que igual... era solo curiosidad.

—Pues aunque lo fuera, no iba a decírtelo a ti. ¡Jesús!

—Vale, vale. Lo siento. En serio. ¡Lo siento! Es que estoy un poco desconcertado. No sé cómo actuar contigo.

—Bueno, pues únete al club. Yo tampoco sé cómo actuar con los demás.

Él asiente.

—Claramente.

—Te propongo un trato: hay un millón de chicas enamoradas de ti y a las que si tú les dice «salta», ellas te preguntarán «¿a qué altura?». Pero yo no soy una de ellas. Así que, si es eso lo que buscas... ve por ello. No te cortes, en serio. Hazlo.

Ahora se queda callado. Ahora me mira a los ojos. Dios, es como si estuviera en el coche con Mick Jagger mirándome a los ojos. Con una mirada de esos ojos podrías desmayarte. Te caerías redonda hasta que alguien te encontrase tirada en la cuneta.

—Sé que no eres como todas esas chicas. Por eso me gustas.

Se queda sentado un segundo, mirando el volante fijamente con los ojos entornados. No tengo ni idea de si piensa echarme a patadas, atacarme de nuevo o invitarme a cenar. Es que me parece que este chico tiene problemas mentales.

Sonríe, pero no resulta convincente. Es una sonrisa falsa, como cuando eres pequeña y en Navidad alguien te regala unos calcetines.

—Te llevo a casa, ¿vale?

La vuelta a Lincoln la hacemos en silencio. Menos mal que pone la radio.

—¿Te gusta U2?

—¿Qué?

—Esto...

Sube el volumen de la radio y volvemos a casa escuchando *Sunday Bloody Sunday* mientras el sol se va poniendo rápidamente y Jared canta como si fuera una estrella del rock.

¿Quién es este tío? ¿Qué quiere de mí?

¿Y por qué, en un asiento del coche de Jared, no puedo dejar de pensar en Logan? En el taciturno y brillante Logan, que siempre dice la verdad. Y a quien yo le he roto el corazón en mil pedazos.

Cuarenta y ocho

Cuando llego a casa, mi madre está rara. Esta noche tenemos pastel de carne y la estoy ayudando, pero también mis hermanas, así que no puede hablar abiertamente conmigo, y me parece que tiene ganas de hacerlo. Sé que tiene algo que quiere decir porque se comporta de un modo muy formal. Como alguien que intenta comportase con naturalidad y, en realidad, le sale todo bastante antinatural.

Cuando mis hermanas se bajan, se vuelve y me mira.

—¿Has sabido algo de Tiffany?

—¿Qué? No. ¿Por?

Mira hacia la otra habitación, nerviosa. Se comporta como si fuera miembro de la Resistencia en Francia.

—¿Qué, mamá?

—Verás, cariño, es que me ha llamado hoy… la madre de Tiffany, y…

—¿Y qué?

—Y dice que, bueno, que… ha desaparecido.

—¿Cómo?

—Dice que no la ha visto desde hace más de dos días.

—¿En serio?

—Sí, cariño. En serio.

—¿Pero qué…?

—Lo sé. Su madre pensó que a lo mejor tú sabías algo.

—¿Qué quieres decir?

—Pues que dice que Tiffany se estaba comportando de un modo extraño, y que cuando le preguntó qué le pasaba, le contestó sonriendo y diciendo algo sobre ti y sobre el Bunza Hut.

—¿Qué?

—Sí. Dice que lo que Tiffany le dijo fue *Pregúntale a Anika*.

—Pero, ¿qué tiene que ver el Bunza Hut?

—No lo sé. Solo dijo algo sobre el Bunza Hut y sobre ti. ¿Tienes idea de dónde puede estar?

—¿Qué? ¡Claro que no! No, mamá. Esto me asusta.

—Lo sé, cariño. A mí también.

Ahora aparece el ogro y las dos fingimos estar aliñando la ensalada, pero no lo hacemos porque, ¿a quién le importan los tomates, la lechuga iceberg y el aliño ranchero cuando Tiffany ha desaparecido y, de alguna manera, es culpa mía?

Cuarenta y nueve

Pedaleo rápido, rápido, rápido. Sigue, sigue. Da igual que no sientas las piernas de tanto pedalear. Da igual que parezca que tus pulmones están a punto de estallar. Puede que todo sea solo un sueño. Puedes desearlo, puedes orar para que así sea, pero el frío que te entumece las mejillas y el latido desenfrenado del corazón te confirman que no es cierto, que esto es real, y que orar no te servirá, ahora no.

Cincuenta

A la mañana siguiente, hay un enorme ramo de flores rojas delante de la puerta de casa. Es tan enorme que resulta casi embarazoso. Mi madre lo recoge y lo coloca sobre la mesa del comedor antes de mirar la tarjeta.

—Ay, Dios, mirad…

Mis hermanos levantan la mirada de los huevos con bacon. Hay que ponerle una medalla a mi madre. Huevos y bacon, o huevos y tostada francesa, o salchichas y gofres. Lo del desayuno se lo toma muy en serio. A pecho. Me pregunto si la madre de Becky se tomará tantas molestias para hacer el desayuno todos los días, de lunes a domingo, trescientos sesenta y cinco días al año. Sé que la de Shelli no lo hace, y si lo hiciera, prepararía tortitas con la silueta de Jesús.

—Son para ti, Anika.

Y ahí están, colocadas en la mesa delante de todo el mundo.

Dios, esto es horrible.

Y Lizzie se me acerca. Solo para asegurarse de que las mejillas me escuezan y que la cara se me ponga del color de la langosta.

—Has debido hacerle un trabajito fino.

—¡Cállate! ¡Dios! ¡Tú qué sabrás!

A veces mataría a mis hermanas. Es como si vivieran solo para torturarme.

191

Henry es el único decente de todos ellos. Y Robby. Pero siempre está entrenando.

—Bueno, ¿no vas a leer la tarjeta, cariño?

Mi madre no ha oído el comentario de Lizzie, o la habría mandado a su habitación.

Es un sobrecito rosa con una tarjetita rosa dentro. Dice:

> Anika,
>   siento mucho haberte atacado como un perro rabioso.
>   Soy un idiota.
>
>   Jared.

Bueno, ahora es difícil estar enfadada con él, ¿no?

Henry tiene curiosidad. Un poco al estilo del comandante Spock.

—Bueno, ¿qué dice?

Lizzie vuelve a intervenir.

—Dice *Gracias por habérmela chu...*

—¡Lizzie, basta!

Menos mal que está mamá. Si no estuviera, Lizzie me estaría metiendo las rosas por la nariz y sacándomelas por las orejas. Lo digo en serio. Lo que pasa con Lizzie es que tiene aspecto desgalichado, pero en realidad es bastante fuerte, y puede darme una paliza siempre que quiera. Es un asco. Sabe que vivo aterrorizada, y le encanta.

Henry sigue mostrándose intrigado.

Ahora me toca a mí.

—Dice: *querida Anika, siento mucho que tus hermanas mayores sean unas zorras. Puede que, si tuvieran tetas, se sintieran mejor.*

Ahora Lizzie se me ha tirado encima y Neener viene detrás.

—¡Serás pedazo de...

—¡Chicas! ¡Chicas!

Robby mira por encima de su cuenco de *Froot Loop* y se ríe.

—¡Pelea de chicas!

Lizzie me tira al suelo, me sujeta y está a punto de escupirme en la boca.

—Lizzie, si no te levantas y dejas a tu hermana ahora mismo, estás castigada durante tres meses. Todas las vacaciones. Si quieres, sigue y ponme a prueba.

Mamá vuelve a salvarme el cuello, gracias a Dios. Lizzie tenía una tonelada de saliva en la boca. Ojalá se largara ya con una banda de punks.

Henry sigue ensimismado en las flores. Tiende a ensimismarse con facilidad.

—¿Y esto funciona, Anika? ¿Te gustan las flores? ¿O es una idiotez?

Me quito el polvo de la ropa y me siento entre Henry y mi madre.

—Funciona si te gusta el tío.

—Y te gusta, ¿verdad? ¿Te gusta el tío?

Henry tiende a obsesionarse.

—¿Qué?

—¿Te gusta el tío?

—¿Qué tío?

—Pues el que te ha enviado las flores. Obvio.

Pero yo ahora no estoy aquí. Estas flores están aquí. Y Henry está aquí. Y mamá está aquí. Y la nota de Jared está aquí. Pero yo no estoy ni cerca. Estoy en un lugar mágico de fantasía.

No hay razón para ello, y no tiene sentido, pero solo soy capaz de mirar por la ventana y desear que Logan aparezca en ella. Ojalá apareciera y me dijera cómo quitarle todo lo malo. Pero no puedo. No puedo borrar las bofetadas, los golpes y Dios sabe qué más que le haya hecho su padre.

Nadie puede. Y lo peor de todo es que no es culpa de Logan. Nada es culpa suya. La parte mala de él, esa parte mala le vino dada como el cabello castaño y la piel de alabastro. Como ves, todo esto hace de mí una persona horrible, puede incluso que la peor de todas, por responder a la pregunta de Henry de este modo:

—Sí. Claro que me gusta.

Cincuenta y uno

El instituto es un lugar completamente distinto ahora. Antes era algo que había que soportar. Un sitio donde debía andarme con cuidado para no cagarla. Pero ya no. Ahora que soy la novia de Jared Kline y todo el mundo lo sabe, el instituto se ha transformado en un sitio al que ir para ser adorada. La verdad es que hasta da un poco de mal rollo.

Soy la misma de antes. Sigo siendo yo. Pero ahora todo el mundo parece pensar que, si no son majos conmigo, haré que les arranquen la cabeza. En serio. Como si, con un movimiento en falso que hicieran, fuera a obligarlos a caminar por la plancha.

Jenny Schnittgrund me ha invitado a ir a su centro de bronceado. Tiene una invitación y me ha dicho que ha pensado que a lo mejor me gustaría ir, si es que me va ese rollo.

Charlie Russell quiere saber si me apetecería ir al rancho de su familia a montar. Tienen caballos y es muy divertido, porque son caballos muy mansos. A lo mejor podría convencer también a Jared de que vaya...

Y las chicas del equipo de animadoras me siguen como si tuviese un grupo de animadoras personal. ¡Dame una A! ¡Dame una N! ¡Dame una I-K-A!

¿Cómo es que no sabéis deletrear?

¡ANIKA! ¡ANIKA! ¡VAMOS, ANIKA!

Literalmente no, claro. Pero es algo así.

La única persona que se comporta con normalidad es Shelli.

Shelli es la única que se comporta exactamente igual que antes. Gracias a Dios, porque no podría soportar que actuara de otro modo. Creo que renunciaría a la humanidad por completo, alzaría los brazos hacia el cielo y le pediría a Dios que se diera prisa con el Apocalipsis.

Becky sigue intentando apartar a Shelli para ser mi MA, mi Mejor Amiga. Esta misma mañana se ha ofrecido a que me vaya a su casa esta tarde, a que el viernes me quede a dormir y que vayamos juntas a la fiesta de bienvenida de Chip Rider, que es donde hay que estar para darle la bienvenida, claro. Da igual que haya estado en su casa no más de dos veces en toda mi vida y que jamás haya hablado de que me quedase a dormir allí, cuando suele ser en su casa donde se celebra la fiesta de bienvenida.

No pasa nada, Becky. Te perdono. No es culpa tuya que hayas nacido con el cerebro de un velociraptor.

Pues sí, de alguna manera las llaves del reino han acabado en mi regazo, y ahora todo el instituto se comporta como si yo fuera la Princesa Leia. Solo para asegurarme de no haber aterrizado en un universo paralelo, me meto en los baños, donde Stacy Nolan se está retocando el maquillaje. Cuando me ve, se le cae el perfilador labial al lavabo.

—¿Es verdad?

—¿El qué?

—Que eres la novia de Jared Kline.

—Eso creo.

—¡Hala! Qué locura.

—Lo sé.

Pero Becky y Shelli entran en mi busca, y Becky arremete contra Stacy.

—Hombre, Stacy, ¿has tenido algún bebé últimamente?

Stacy me mira pidiendo ayuda.

—Esto... no estaba embarazada, ¿recuerdas?

Pero Becky no va a dar marcha atrás. Solo está afilándose las uñas.

—Ya, claro. ¿Quién iba a querer hacérselo contigo?

Y ahora Stacy va a tener que retocarse también la raya de los ojos porque se le están empezando a llenar de lágrimas. Shelli se escabulle para no tener que lidiar con nada de todo esto y, sinceramente, yo desearía poder hacer lo mismo.

—Vamos, tía. ¿Por qué lo haces?

Becky se vuelve hacia mí.

—¿Qué?

—Eso… que para qué lo haces. Ya has conseguido lo que querías: está llorando, así que… no sé… ¿no puedes dejarla en paz?

—¡Vaya! A alguien se le están subiendo los humos a la cabeza.

Sé lo que viene a continuación. Lo sé. Aquí llega.

—Inmigrante —dice como si fuera una maldición.

Stacy ha renunciado a maquillarse. Shelli se asoma desde el vestíbulo. Esto no pinta bien.

—Mira, solo digo que estas cosas que dices hacen mucho más daño a la gente de lo que tú te crees, ¿vale?

Uf. No ha salido bien.

Y ahora Becky me mira. Los ojos se le vuelven dos cortes en la cara y sé que está recomponiendo su ataque. Ahora estoy muerta.

Se hace un silencio sepulcral.

De pronto, inesperadamente, Becky se echa a reír. Pero no es una risa divertida, ni una risa feliz. Es una risa llena de puñales.

—¡Ja, ja! ¡Ja, ja, ja! ¿Ahora eres la Madre Teresa?

Sale del baño y quita a Shelli de en medio con un empujón justo antes de que suene el timbre.

Cincuenta y dos

No quiero que Jared Kline venga a recogerme hoy al instituto, aunque eso significa que estoy loca, porque todo el mundo lo adora y me ha enviado el ramo de flores más grande de la historia. No sé lo que quiero. Pero desde luego lo que no quiero es que me suba en su coche y me lleve Dios sabe dónde para babearme encima, disculparse y luego preguntarme si soy virgen.

Hay un trozo de valla rota en la parte de atrás de las pistas de atletismo que algunos *heshers* rompieron para salir a fumar durante las clases de educación física. Después de séptima hora, me voy directa al baño y salgo por atrás. Ni siquiera Shelli me ve.

Me asomo desde el costado del instituto y veo a Jared con su gorra de camionero, aparcado delante. Becky y Shelli están allí, y todo el mundo parece confuso. Sé que se supone que debería estar ahí. Lo sé. Ese es el trato. Pero es que no puedo. No quiero estar en esa posición. Jamás. En mitad de ninguna parte, sin sitio a donde ir y completamente a merced de alguien en quien, la verdad, no confío; o sí, o puede que solo un poco.

Ya sé que la última vez primero se abalanzó sobre mí, luego cambió y me regaló flores, pero ¿qué será lo próximo? Es que este tío es como un cañón sin sujeción. Lo sé, lo sé. Sé que sin él, estoy jodida. Ahora que Becky me ha enfilado, sin Jared Kline estoy muerta. Acabada. Obligada a cambiar de instituto.

Ni siquiera Shelli podrá salvarme. Tendrá que salvarse a sí misma, y lo hará. Lo sé. Y no se lo tengo en cuenta, ni nada. Todo vale en las perversas calles del décimo curso.

Escaparme por detrás de las pistas de atletismo me proporciona una sensación de euforia, aunque seguramente la esté liando parda. Pero hay algo excitante en dejar a Jared, a Becky y a todos los demás esperando ahí, delante del altar. Se parece a esa canción que John Lennon hizo con aquella chica asiática cuando dejó Los Beatles.

He dejado atrás cinco manzanas ya, de camino hacia mi casa por una ruta distinta a la que suelo hacer con Shelli, porque ahora mismo quiero estar sola. Es ahora cuando la oigo. Es la moto de Logan. Reconocería ese sonido aunque estuviera dormida. Pasa de largo rápidamente, se para junto a la acera y se quita el casco.

Los dos nos quedamos de pie, mirándonos. Hay cientos de kilómetros entre nosotros, pero también es como un campo electromagnético con el que se podría suministrar electricidad a toda la ciudad.

—Jared Kline, ¿eh? Debería habérmelo imaginado.

—Mira, Logan, no sé…

—Espera. Ten… iba a darte esto la otra noche… toma.

Me entrega un papel doblado en forma de triángulo. Nos miramos a los ojos y es como recibir un puñetazo en el estómago. Cada fibra de mi ser desea subirse a su moto y que desaparezcamos juntos hacia la puerta de sol, pero es como si se tratara de un mundo que ha dejado de existir, con arcoiris y unicornios y polvo de hadas.

Está a punto de volver a ponerse el casco y marcharse.

—¡Eh! Espera.

Se detiene.

—¿Cómo estás? ¿Y tu padre? ¿Y tus hermanos pequeños?

Me mira como si llevara puestas unas orejas de burro.

—¿De verdad quieres saberlo?

—Sí.

—Mi padre, raro. Muy raro. Mis hermanos, una monada. Y mi madre, borracha.

Y, dicho esto, se pone el casco y se aleja por la colina, dejando atrás los árboles raquíticos y helados.

No soy capaz de esperar a llegar a casa para leerlo.

Abro el pequeño triángulo y dentro, en la parte superior: *Un HAIKU*. Debajo está el haiku. Cinco, siete, cinco. Esto es lo que dice:

Incesante. Casi excesiva
para esta pequeñez. Haces
que forme parte del cielo.

Cincuenta y tres

Durante la cena lo único que puedo hacer es pensar en Logan. Tengo ese haiku alocadamente hermoso dando vueltas y vueltas en la cabeza, repitiéndose.

Incesante. Casi excesiva para esta pequeñez. Haces que forme parte del cielo. Incesante. Casi excesiva para esta pequeñez. Haces que forme parte del cielo.

Una y otra vez. Y todos los que están a mi alrededor, Lizzie, Neener, Robby, Heny, mamá, el ogro, están simplemente sentados ahí, comiéndose su puré de papas como si todo fuera genial y el mundo no fuera a acabarse nunca, y a duras penas me contengo para no agarrar el cuenco de puré y lanzarlo contra la pared.

Dios…

¿He tomado la decisión equivocada? ¿He tomado la decisión equivocada? ¿He tomado la decisión equivocada?

Incesante. Casi excesiva
para esta pequeñez. Haces
que forme parte del cielo.

¡Mierda!

No ayuda el ver que, en el centro de la mesa, están las malditas flores.

Mi madre es la única que se da cuenta de que me estoy volviendo loca. Intenta que la mire a los ojos, pero ya la evito. Me conoce. Puede leerme el pensamiento como si fuera un Jedi. Pero la evito. Y después de la cena, sigo evitándola. Me meto en mi habitación, saco el papel y vuelvo a leerlo.

Ésta es la ecuación, pura y simple: si rompo con Jared Kline, estoy muerta. Muerta para Becky. Muerta para Shelli. Muerta para Pound High y todo el mundo que hay allí. Becky hará de mi vida un infierno. Hará que mi vida sea Oklahoma. Irá por mí con más fuerza que contra Shelli, que contra Stacy Nolan, que contra Joel Soren.

Si sigo con Jared Kline, aunque no estoy segura de si es un saco de mierda o el mejor tío que he conocido, nada de todo eso ocurrirá. Cortaré el bacalao en el instituto durante el resto de mi estancia allí, y puede que incluso más allá.

El problema es que Jared Kline puede ser el embaucador que todo el mundo dice que es. Un embaucador magnífico que resulta muy, pero que muy convincente, y luego, una vez me haya convencido y logre que me enamore total y completamente de él, una vez me haya acostado con él, me deje tirada como una bolsa vieja de Fritos.

Y, por otro lado, está Logan.

Logan es un tío excepcional, brillante y sincero, que hace las cosas más chulas que te puedas imaginar, y al que todo el mundo odia, pero del que yo estoy, básicamente, enamorada.

Pero Logan está herido, roto. Y no lo dulcifiquemos, porque eso es algo que no va a cambiar.

Aunque no es culpa suya, aunque ha sido el cerdo de su padre el que lo ha provocado, aunque no es justo... esa clase de cosas calan muy hondo. Hacen daño.

Una buena persona, ¿no se quedaría con él? Una buena persona, ¿no intentaría ayudarle de algún modo?

«Dios del cielo, dime qué tengo que hacer, dime qué tengo que hacer, dime qué tengo que hacer».

Sí, ahora estoy de rodillas, orando. No me juzgues, ni me llames rarita. El hecho es que necesito ayuda y la necesito con rapidez, porque tengo la sensación de que voy a arrancarme los pelos de la cabeza y la piel de la cara.

Soy una persona horrible. Soy una idiota.

Estoy perdida.

«Dios del cielo, dime qué tengo que hacer, dime qué tengo que hacer, dime qué tengo que hacer».

Mi madre está llamando a la puerta, lleva un rato haciéndolo, pero yo no la oigo. Al final, se asoma.

—Cariño, tu amigo Jared está al teléfono.

Ay, Dios. Ahora no.

—Me.. dile que… dile que me he muerto.

—Cariño…

—No sé, mamá. Dile cualquier cosa. Que estoy dormida.

—Anika, son las seis de la tarde.

—Invéntate algo, mamá, por favor.

—Vale, pero… ¿quieres decirme qué es lo que pasa?

—No, mamá. Es que… es que estoy… cansada o algo así.

Me mira y sé que quiere lograr que me sienta mejor. Tal y como lo ha hecho desde que nací. Lloro, y ella logra que me sienta mejor. Tengo un cólico, y ella logra que me sienta mejor. Me hago un rasguño, y ella logra que me sienta mejor. Me desuello la rodilla, y ella logra que me sienta mejor. Y hay un millón de cosas que mi madre podría hacer, y ha hecho, para que me sintiera mejor. Pero ninguna de esas cosas logrará meterse bajo mi piel y hacerme diferente. Ninguna de todas esas cosas logrará meterse bajo mi piel y hacerme buena.

Cincuenta y cuatro

Al día siguiente me despierto con treinta y nueve y pico de fiebre y mi madre se niega a dejarme salir de casa. No es que yo oponga mucha resistencia. Lo último que quiero hacer es ir al instituto hoy, o mañana, o nunca. La verdad es que lo único que deseo es volar hasta las estrellas con Logan. Pero es sencillo. No puedo tener lo que deseo. Eso es todo.

Bueno, no será la primera vez en la historia de la humanidad en que una adolescente de quince años en mitad de ninguna parte no obtiene lo que desea. Estoy segura de que hay miles de quinceañeras que tienen precisamente lo contrario de lo que quieren. Como ser quemadas en la hoguera, por ejemplo. O que las obliguen a casarse con un viejo de ochenta años a cambio de unas cuantas ovejas.

No. Mi problema es del «primer mundo», como diría el vampiro. La respuesta, diría él, es sacar buenas notas. El vampiro debe estar leyéndome el pensamiento en este momento porque, por arte de magia, llama por teléfono y quiere hablar conmigo.

—He hablado con tu *madrrre* y dice que estás *inferma*. ¿Es *sierto*?

—Sí, papá. Estoy enferma.

—¿Y eso es todo?

—Sí.

—*Ti* pasa algo. ¿Qué pasa?

—No sé, papá. Solo que estoy preocupada, nada más.

—¿Es un chico?

—Algo así.

—¿Estás *imbaratsada*? No te está permitido quedar *imbaratsada*, ¿sabes?

—No, papá. Dios… no estoy… Jesús, qué embarazoso es esto.

—Vale, bien, porque eso arruinaría tu vida, ¿entiendes?

—Sí, papá.

—¿Está *afetsando* a tus notas? No puedes *perrrmitir* que esos dramas *insiñificantes* estropeen tus notas, ¿entendido?

—Sí.

—¿Seguro?

—Sí, papá. Mis notas van bien. Incluso estoy ayudando a otros chicos a programar con el ordenador.

—Eso está bien. Aunque no estoy *segurro* que quieras ser una friki de ordenadores.

—Papá, ¿dónde has aprendido esa palabra?

—¡Vamos, hija, que no vivo en edad de piedra! Piensen lo que piensen por ahí.

—Vale, papá.

—Porque, si tengo la más mínima *sensatsion* de que estás tirando tu futuro en ese lugar perdido, no *dudarré* en traerte aquí a Princeton, donde tengo ilimitados recursos para llevarte a las mejores escuelas *prrivadas* que hay en este país. Creo que sería más adecuado…

—Papá, no le está pasando nada a mis notas, te lo prometo.

—¿Ni siquiera con este profesor de *educatsion* física? ¿Ya ha puesto sobresaliente? ¿O sigue equivocado *pinsando* que su *insiñificante* vida ganaría *importantsia* poniendo a un estudiante de sobresaliente un *notabile* por no subir la *cuerrda* como él quiere?

—No. Creo que he conseguido hacerle cambiar de opinión, papá.

—Bien. Bueno, tengo un avión para Ginebra. Voy a dar *conferentsia* allí. Te mando postal.

—Vale, papá.

—No olvides que yo tengo medios aquí para darte mejor *educatsion*. Si decides que quieres marchar de ese lugar *horribile*, yo estaría encantado de ayudarte. Además, estaría bien que pasaras un tiempo de *calitat* con tu padre antes de morir. Ahora, adiós.

Y con esto, mi padre el vampiro, cuelga el teléfono y se va a Suiza—y luego a Praga. Puede incluso que a Leningrado. Nunca se sabe dónde puede estar hasta que te llega una postal. Agujas, torretas y gárgolas mirándote desde arriba en algún lugar de Europa central y una nota: *Anika, te mando una foto de Viena. Tengo conferentsia aquí. Besos. Père.*

Père. Eso es papá en francés. Esa palabrita en francés es lo más próximo que estaremos nunca del afecto. Mi madre entra cuando cuelgo para evaluar los daños. A estas alturas ya sabe que una llamada del vampiro puede dejarme hecha polvo durante días. Si decide utilizar su devastador sentido del humor conmigo. Si decide eviscerarme, lo cual se le da a maravilla. Hay una cosa con el vampiro y es que hay que estar siempre de buenas con él, pero nunca intentar acercarte demasiado, porque si lo haces, te morderá.

Mi madre se sienta a mi lado en la cama.

—¿Todo bien?

—Sí.

—¿Sabías que ha llegado una carta para ti?

—¿Qué? ¿Cuándo?

—Esta mañana. Es de Oakland. ¿Conoces a alguien de Oakland?

—No, mamá. A nadie.

—Cariño, ¿hay algo que no me estás contando?

—No, mamá.

—Vale. Aquí la tienes. Y ahora, vuelve a la cama, que necesitas descansar.

Y aquí la tengo. Una carta de Oakland. ¿Quién demonios vive en Oakland? Yo nunca he estado al oeste de Colorado.

Me acurruco bajo las sábanas y la abro.

Es de Tiffany.

Querida Anika,

¡Bueno, lo he conseguido! ¡Estoy en Oakland! Con mi abuela. Se ha puesto supercontenta de verme y tiene una casa genial, con dos plantas y de todo. Por favor, no le digas a nadie dónde estoy, y menos a mi madre, ¿vale?

Te escribo solo para darte las gracias. De no haber sido por ti, nunca habría conseguido llegar hasta aquí. He venido en tren. El viaje ha sido precioso. Hemos atravesado las montañas y ha sido una pasada. Nunca habría visto tanta nieve. La verdad es que hasta me dio un poco de miedo. Pensé que si nos quedábamos atrapados, tendríamos que comernos los unos a los otros.

Bueno, me despido por ahora. Solo quería decirte «gracias».

Tu amiga,

Tiffany.

PD: te estoy muy agradecida por lo que hiciste, aunque sigo sin entenderlo. ¿Por qué tuviste que robar algo cuando tienes todo lo que puedas necesitar delante de los ojos?

PPD: mi abuela no me deja quedarme con el dinero porque dice que daría mala suerte, así que te lo devuelvo. He redondeado para que no se notara en el sobre.

Y allí está, detrás de la carta: exactamente mil doscientos treinta y siete dólares. Maldita sea…

Incluso Tiffany allí, en Oakland, sabe más que yo.

¿Qué piensas? ¿Debería guardarle el secreto? Su madre debe estar muy preocupada. Es decir, que me parece que una chica debe estar con su madre, pero… puede que no precisamente con esa madre. De todos modos, cualquier cosa es mejor que esa pocilga en la que vivía junto a la autopista.

Segunda viñeta: ¿qué se supone que debo hacer ahora con este dinero?

1.237,00 dólares.

Podría quedármelo y añadirlo al fondo para la universidad. ¿Tengo un fondo para la universidad?

Mi madre vuelve a llamar a la puerta.

—Cariño, ¿cómo estás?

—Mamá.

—¿Sí?

—¿Quieres oír una estupidez?

—Supongo que sí, tesoro.

—He robado mil doscientos treinta y seis dólares y cincuenta centavos del Bunza Hut y ahora ni siquiera quiero ese dinero.

Silencio.

—¿Qué?

—Mamá, soy una ladrona. Soy una persona horrible y sé que tú lo has intentado, pero soy una ladrona y he robado todo este dinero. Además, aplastaba tus pastillas de Valium y se las ponía al señor Baum en la bebida.

—¿Qué?

—Para que no fuera tan malo con Shelli. Es que lo era de verdad, mamá.

—¡Cariño, no puedes ir por ahí envenenando a la gente!

—Lo sé. Sé que soy una persona horrible y que voy a ir a la cárcel, pero mamá, por favor, perdóname, porque lo hice por una buena causa.

—¿Robaste por una buena causa?

—Más o menos.

—No sé si te sigo, hija…

—Se lo di a Tiffany después de que la despidieran. Pero me lo ha devuelto. Mira. Soy una fracasada. Ni siquiera interpretando el papel de Robin Hood tengo éxito.

—Tesoro… vamos a ver. Voy a cerrar la puerta y vamos a estudiar esto juntas, ¿de acuerdo?

—De acuerdo.

Cincuenta y cinco

Mi madre me ha abrigado con tanta ropa que parezco un muñeco de nieve y vamos de camino a casa del señor Baum por Sheridan Boulevard. Con lo de «casa» quiero decir «mansión». Empieza a anochecer y el sol brilla aún entre los árboles antes de hacer su salida final. Supongo que me ha dejado salir de casa por esto, con casi cuarenta de fiebre. Pillaré una neumonía y moriré.

—Bueno, tú te quedas en el coche sin moverte, ¿de acuerdo?

Yo asiento.

Mi madre se ha transformado de pronto en una espía dentro de su propio *thriller* de espionaje. Su tono es conspiratorio y sí, lleva gafas de sol y gabardina.

Lo pienso de repente.

¿Estará loca mi madre?

Puede que todo este tiempo no haya sido yo la única friki de la familia. Puede que la manzana no caiga muy lejos del árbol. Y puede que el árbol esté sentado a mi lado con unas enormes gafas de sol y gabardina.

—A ver, cuando cuente tres, voy a salir corriendo hasta la puerta, hacemos la entrega y salimos por pies.

La entrega.

Vamos a hacer «la entrega».

Y luego, vamos a salir por pies.

En serio, ¿qué está pasando? El muñeco de nieve, mientras, está condenado a una completa inmovilidad. Mi madre vuelve a decirme que no me mueva del coche, completamente ajena al hecho de que yo no tengo otra elección. No podría moverme aunque el salpicadero saliera ardiendo.

—Vale. ¿Estás preparada? Uno, dos… ¡TRES!

Sale y comienza a andar sobre la nieve, una figura con gabardina sobre un mar blanco. El camino conduce a un acceso empedrado que llega hasta la puerta, que es un portalón grandioso con dos puertas gigantes de madera y un llamador de hierro forjado.

Hace «la entrega», se da la vuelta y vuelve rápidamente al coche.

Dentro se oye a un perro que comienza a ladrar.

—¡Mierda, mierda, mierda!

Entra de un salto y estamos dando marcha atrás cuando la luz del porche de la mansión del señor Baum se enciende y mi madre acelera para bajar por Sheridan como si fuera Billy el Niño. Yo sigo acurrucada en mi traje de muñeco de nieve, incapaz de moverme ni de decir nada. Es que todo esto resulta tan absurdo, pero la verdad es que estoy admirada de mi madre. Y además he llegado a la feliz conclusión de que me viene de ella lo de ser especial. ¡Misterio resuelto!

Aunque, para ser sincera, voy a echar de menos esos mil doscientos treinta y siete dólares incluidos en «la entrega».

Mi madre sigue con la mosca detrás de la oreja y no deja de mirar por el retrovisor. Casi oigo el latido de su corazón desde donde estoy.

—Bueno —exhala—. Creo que los hemos despistado.

Cincuenta y seis

Dos días después, sigo en la cama con gripe, o un resfriado, o seguramente el cólera. Estoy metida en la cama, acurrucada. Mi madre me
está tomando la temperatura. Saca el termómetro.

—Bueno, treinta y siete cuatro. Eso está mejor.

Deja a un lado el termómetro y me mulle las almohadas.

—Pero hoy todavía tienes que descansar, ¿vale?

—¿Quieres decir que hoy no podemos salir a «hacer una entrega»?

Ella sonríe y me tapa bien.

—Exacto.

—¿Mamá?

—¿Sí, cariño?

—¿Crees que a lo mejor tienes futuro en el Servicio Secreto?

Mi madre se ríe.

Es la cosa más tonta del mundo, pero me siento como si me hubieran quitado un yunque de los hombros desde que salimos del camino
del señor Baum quemando neumáticos.

—Mamá, creo que salvaste el día.

—¿Qué quieres decir?

—Pues que… que eso me estaba quemando por dentro, como si me
estuviese pudriendo las tripas o algo así.

—¿Ah, sí? Entonces, deja que te haga una pregunta. ¿Valió la pena
por esos mil dólares…

—Mil doscientos treinta y seis dólares y cincuenta centavos.

—Bien. ¿Valió la pena por esa cantidad sentirse así?

—Mamá, ¿es esto uno de esos programas de por la tarde?

—No, claro que no. Pero quiero saberlo. ¿Valió la pena?

Uf. Detesto cuando es otro el que tiene razón.

—No, mamá. Fue una idiotez.

—Vale, estupendo. Entonces, ya no tengo que preocuparme porque vuelva a ocurrir algo así, ¿no?

—No.

—Genial. Porque podrías destrozarte el futuro. ¿Qué haría tu padre entonces?

—Seguramente irse a Viena. Ah, espera. Eso ya lo ha hecho.

—La cuestión es que no te olvides de que robar es una grosería.

—Mamá, ¿quieres que te cuente una tontería?

—Por favor, no. Creo que no podría con otro atraco.

—Te quiero.

Mi madre me mira. Se le humedecen un poco los ojos, o puede que solo esté cansada. Lleva tres días cuidándome, además de a mí a los otros cuatro.

—Yo también te quiero, tesoro. Pero deja de envenenar a la gente.

Me besa en la frente.

—Y ahora, duérmete, palomita.

Vuelve a colocar la ropa de la cama y sale cerrando la puerta.

Soy incapaz de mantener la cabeza levantada con tanto paracetamol y tanto caldo de pollo que me ha hecho tomar. Me tiene envuelta como si fuera un esquimal, regada de Vick VapoRub y con un humidificador al pie de la cama. Mi madre no se anda con medias tintas cuando se trata de curar un resfriado. O una gripe.

El techo se empieza a diluir y no soy capaz de seguir manteniendo los ojos abiertos ni un minuto más. De algún modo, la carta, la llamada de teléfono, el haiku y el robo me han desbordado y la cabeza se me hunde en la almohada. De pronto, estoy viendo aquella pintura blanca hecha con cristal que me regaló Logan. A lo mejor, con un poco de suerte, me despierto en Ginebra o en Zermatt, o en Viena. A lo mejor saludo al vampiro y él me devuelve el saludo, si saco todo sobresalientes. Si cateo, pasará de largo.

Cincuenta y siete

En mi sueño, estoy de pie sobre una capa de nieve que se extiende por una depresión del terreno al pie de las montañas de Suiza. Detrás de mí queda el Matterhorn, y el cielo está de un azul brillante, el mismo azul de las cajas de *Tiffany*. Soy yo, pero por otro lado no soy yo la que está allí, de pie. Soy yo con un vestido blanco, y todo es blanco, blanco, blanco. Es el lugar más hermoso en el que he estado. Parece un bosque encantado de cristal, y por el otro lado, viniendo de la oscuridad, aparece Logan. Está allí de pie, y aunque nos separan kilómetros, puedo verlo, puedo ver sus ojos.

Nos estamos acercando, como si la nieve fuese una cinta deslizante, y hora estamos más cerca, más; ahora estamos muy cerca. Logan está justo delante de mí, y el cielo es de un blanco brillante, y empieza a nevar. Son unos copos pequeñitos, escasos, que caen copo a copo, y los dos sabemos que este es el lugar más encantado del mundo, un lugar que nos pertenece. Entonces él se acerca y yo me acerco y nos besamos. Es un beso casto que deja de serlo, y ahora es como si estuviéramos transformándonos, como si nos estuviéramos volviendo uno solo, uno en el otro, ambos en la luz blanca y los copos, y somos luz luz luz, y estamos a punto de elevarnos flotando hacia el cielo, más allá de las montañas y del bosque oscuro y del Matterhorn, y arriba arriba arriba, por encima del mundo entero.

Pero entonces, los árboles negros del bosque se vuelven espinosos, altos y perversos, se estiran desde detrás de Logan y lo agarran con sus brazos, tiran de él, y la lengua de nieve se hunde y de pronto no hay nada, nada por debajo, y los árboles con ramas negras como cuchillos se llevan a Logan abajo abajo abajo, y lejos, cada vez más lejos. Y yo grito, o intento gritar, pero no me sale nada, y los dos nos miramos desde ambos lados de aquel abismo helado, y nos sentimos indefensos, indefensos, y nadie me oye, nadie me ve, y entonces lo busco con la mirada, miro por todas partes a mi alrededor, y a través del hielo, y de las ramas de los árboles, y de la nieve del bosque, pero se ha ido.

Me despierto de golpe y estoy cubierta de sudor, y todo está tan en silencio que puedo oír mi respiración, y algo va mal. Pero, en realidad, nada va mal. Ha sido solo un sueño. Solo un sueño que he tenido, pero que era tan real, que parecía más real incluso que el ahora. Que el aquí, que *es* real.

El reloj da la hora parpadeando: las cuatro y trece.

Las cuatro y trece.

Las cuatro y trece. Y hay un silencio sepulcral. Nada ha sido real. Era solo un sueño. No seas tonta.

Pero hay algo raro. Hay algo que tira de mí para que me levante de la cama y atraviese el recibidor, que me resulta más largo de lo que lo recordaba. Y camino como si fuera sonámbula, pero no. Estoy despierta. Ahora estoy despierta. Esta es mi casa. Este es mi recibidor. Este es mi teléfono.

Lo descuelgo.

¿Qué estoy haciendo?

¿Qué narices estoy haciendo?

Ah, sí que sé lo que hago. Voy a llamar a Logan. Voy a llamar a Logan ahora mismo para decirle que estoy enamorada de él. Y sé que esto es el ahora.

Lo sé con la misma certeza que sé que el cielo es azul, que el mundo es redondo, que la luna gira alrededor de la tierra, y que la tierra gira en torno al sol. Y no puedo esperar a decírselo. No puedo esperar a decírselo, y va a ser como ese beso, igual que aquel beso en la nube de nieve, y él y yo vamos a ser como luz y aire, juntos.

Pero son las cuatro y diecisiete. No se puede llamar a una persona a las cuatro y diecisiete. Puedes llamar como mucho a las diez de la noche, o a las nueve de la mañana si es urgente. Pero no a las cuatro y diecisiete. No puedes hacer eso. Es raro. Nadie está levantado a esas horas y despertarías a todo el mundo. ¿Y qué vas a decir? «Que se ponga Logan. Vale. Gracias. Oye, Logan he soñado con un montón de nieve y estoy enamorada de ti».

No, no. Espera a mañana. Espera a mañana y se lo dices después de las clases. O antes. ¿En el instituto? De todos modos, ¿a quién le importa? Díselo en el instituto. Vas a decírselo. Vas a decírselo en el instituto. Y entonces seréis él y tú, juntos.

Cincuenta y ocho

Hay una televisión puesta cuando me despierto, y eso es raro. Son las cinco de la mañana, y eso es raro. No somos una casa de las que se despierta a las cinco de la mañana, y mucho menos una casa que tiene la tele encendida a las cinco de la mañana. Ya está mi madre para asegurarse de eso. La tele se pone por la noche, una vez hemos acabado los deberes, y aun entonces, solo un rato. Un programa o dos como mucho. El ogro sí que se pasa toda la noche viendo la tele desde que acaba de cenar, y se duerme viéndola cada noche. Pero nosotros, no. La televisión puesta por la mañana no es propio de nuestra casa.

Pero lo está.

Y hay conmoción.

Hay voces, y susurros, y alguien manda callar, y más tele, y más.

Oigo a Lizzie, y a Neener. Henry acaba de decir algo, y Robby también. Mi madre les pide que bajen la voz. Todos están levantados a las cinco de la mañana.

—¡Silencio! ¡Callaos ya! Que la váis a despertar.

Que van a despertar, ¿a quién?

¿A quién? ¿Que no me despierten a mí? Tiene que ser a mí. Soy la única en la casa que no está despierta.

Me acerco a la puerta y pongo el oído.

—Calla, Lizzie. No lo voy a decir más.

Me asomo y veo que Lizzie se tapa la boca con la mano. Neener, también. Robby está sentado y Henry está tan pálido como un fantasma. Parece como si le hubieran succionado toda la sangre y se la hubieran cambiado por agua helada.

—Tienes que decírselo, mamá.

Y ahora ya no puedo más.

—¿Qué? ¿Qué me tiene que decir?

Entro en el salón y voy a la tele, y todos se separan, todos menos mamá, que intenta interponerse en mi camino. La tele sigue aullando y aullando como telón de fondo. Es una voz, una voz excitada. Es una voz de los que dan las noticias. Es alguien dando una noticia.

—Cariño, escúchame: creo que tendríamos que hablar de esto...

Pero la esquivo. Dejo atrás a mamá, y a Lizzie, y a Neener, y a Henry y a Robby. Los dejo atrás a todos y me planto delante de la tele, delante de esa rubia de peluquería con cara de noticia triste, y palabras afligidas y alteradas que salen de la presentadora del noticiero.

Está delante de algo. La presentadora está delante de algo con sirenas y coches y luces que giran.

Está delante de la casa de Logan.

Cincuenta y nueve

Pedaleo rápido, rápido, rápido. Este es el momento. Uno de esos momentos de película que crees que nunca te van a llegar a ti, pero que después te llegan, y ahora está aquí.

Pedaleo rápido, rápido, rápido, porque esta es mi única oportunidad de detenerlo. Este es el lugar donde parece que todo va a ir horriblemente mal y no hay esperanza, pero como estamos en una película, hay esperanza al final, y hay una sorpresa que lo cambia todo, y todo el mundo deja escapar un suspiro de alivio y todo el mundo se vuelve a su casa sintiéndose bien, e incluso quizás se queda dormido en el coche.

Pedaleo rápido, rápido, rápido. Este es el momento. Este es el momento que yo voy a recordar el resto de mis noches y mis días y mis horas mirando al techo. Subiendo por la colina y bajando hasta la siguiente, entre aquellos árboles y más allá del instituto.

sesenta

Cuando paro la bici, toda la ciudad está en la calle de Logan. Los vecinos, la policía, las ambulancias, hay ambulancias por todas partes y hay médicos por todas partes y paramédicos y goteros y cuerpos. Hay cuerpos.

Hay cuerpos tendidos en camillas.

Una de las camillas va hacia un lado, a toda prisa, rodeada por paramédicos, goteros y órdenes bruscas. Las otras camillas van en dirección contraria, más despacio, como si no pasara nada. No hay prisa. Nada.

En la primera camilla, entre un enjambre de paramédicos y goteros, hay un calcetín pequeño. Un calcetín pequeño que asoma con R2—D2. Hay un calcetín pequeño que asoma y yo conozco ese calcetín porque es del hermano de Billy y lo llevaba puesto la noche que Logan lo acostó y ahora ese calcetín está empapado en sangre y yo lo veo asomar bajo la manta. Ahora ese calcetín está empapado en sangre, ahora esa camilla está siendo colocada en la ambulancia y yo no soy la única que ve ese calcetín y todos, todos, se cubren la boca con las manos porque todos han visto ese calcetín.

Y detrás de la camilla, pegada a la camilla, está la madre de Logan y el hermano pequeño de Logan, aun con su pijama de camuflaje puesto. Y su madre y su hermano van corriendo, van corriendo detrás, pegados a la camilla, se los llevan también, luces girando y girando y girando, acuciantes.

Se han ido, se han ido. Eso significa esperanza. Hay esperanza para esa camilla.

Ahora viene una segunda camilla. Dios, por favor, que no salgan más camillas de esa casa pero nadie escucha nadie escucha y sale otra.

Esta es grande. Un cuerpo grande, un cuerpo grande, grande y silencioso. Y la manta llega hasta arriba.

Y esa camilla va despacio. Pero son dos, son dos camillas las que salen de la casa y ya basta, Señor, por favor, Señor, haz que ya baste, pero no basta no basta y la puerta de la casa se abre y sale otra más. La puerta se abre y sale otra más.

Y esa mano. Y esos pies. Y esa es la mano que arropó bajo las sábanas de *Star Wars* los pies que llevaban los calcetines de R2-D2. Esa es la mano que arropó ese pijama de *Spiderman*. Esa es la mano que tomó la mía y me colocó a su lado y me llevó más allá de los árboles en su moto. Esa es la mano con la que soñé anoche. Esa es la mano del cuerpo que iba a estar junto al mío, de ese cuerpo del que yo me he enamorado, y de esa cabeza, y de ese corazón. Esa es la mano, y no se mueve.

No se mueve.

sesenta y uno

Intentan sujetarme. Mi madre y esas personas, algunas en bata. Intentan agarrarme y sujetarme y sacarme de aquí. Intentan evitar que pase la cinta amarilla de la policía. Intentan detenerme. Pero no pueden detenerme porque nadie puede detenerme porque es Logan. Es Logan el que va ahí en esa camilla y esa camilla está cubierta de sangre y esa camilla se aleja, pero no puede alejarse, no puede, porque nosotros vamos a estar juntos. Y ahora estoy de rodillas y mi madre y estas personas, quiénes son todas estas personas, me sujetan por los hombros pero casi he llegado al lado de Logan. Casi he llegado al lado de Logan. Puedo tocarlo. Puedo tocarlo y devolverle la vida. Puedo tocarlo y devolverle la vida y quedarme junto a él.

Pero me sujetan y la voz de mi madre me llega desde algún sitio, puedo oírla:

—¡No, no, Anika! ¡No, Anika, por favor, hija, por favor, cariño, estoy aquí! Estoy aquí. Te tengo. Estoy aquí.

Y la camilla se ha ido la camilla se aleja de mí. La camilla se va lejos lejos y en esa otra puerta y en esa ambulancia y esa puerta se cierra y todo se queda mudo, y todo da vueltas ahora, y las ambulancias y las luces giran y giran por encima de mí y hay una voz y un cuerpo sujetándome y hay una voz y un cuerpo evitando que me transforme en un millón de pedacitos pequeños y que me desparrame por el suelo.

—Estoy aquí. Estoy aquí, tesoro. Ya está. Te tengo.

sesenta y dos

Este es el informe oficial aparecido en el *Lincoln Journal Star:*

Un hombre de Lincoln, acuciado por las deudas, ha intentado matar a su esposa y a sus tres hijos. La mujer y los dos hijos menores han sobrevivido y fueron hallados en la escalera trasera de la casa aproximadamente a las 4:45 de la madrugada. El hijo mayor y el padre resultaron muertos en el altercado. La policía fue avisada por los vecinos al oírse disparos. Los dos cuerpos fueron encontrados muertos en el descansillo de la entrada. El hijo que resultó herido fue trasladado de inmediato al hospital en estado crítico, tras ser alcanzado por una bala perdida. Ahora se encuentra estable.

El incidente ocurrió en Lincoln, en un barrio al sudeste, poco después de las cuatro de la madrugada. Una nota de suicidio en un sobre abierto fue hallada en la encimera de la cocina. En ella, Steven McDonough, de cuarenta y dos años de edad, expresaba su pesar por las deudas que le asfixiaban y declaraba que lamentaba tener que quitarles la vida a su esposa y a sus hijos, según informa el Jefe de Policía Meier. La víctima ha sido identificado como Logan McDonough, de quince años de edad. Se cree que murió intentando salvar la vida de su madre y de sus hermanos pequeños. El padre, Steven McDonough, presentaba un índice de alcohol en sangre de 0,25 por ciento cuando fue hallado. La madre y los dos hijos que se salvaron están recuperándose y están siendo atendidos de sus heridas, además de recibir tratamiento psiquiátrico por lo ocurrido.

Las condolencias, donaciones y tarjetas de pésame pueden ser enviados al St.Mary's Community Hospital, donde se ha abierto una recaudación de fondos para la familia.

No dice: *Sí, eso explicaría por qué el padre de Logan gastaba pasta a manos llenas y se comportaba de ese modo tan raro.*

No dice: *Sí, ya saben que el padre de Logan era un friki de las armas que tenía un jodido arsenal en el sótano que habría bastado para repeler el ataque de un ejército de zombis durante dos semanas, y puede que tener armas no sea una gran idea cuando un tío tiene un tornillo suelto.*

No dice: *Sí, eso explicaría por qué la madre de Logan era una alcohólica, porque ya se imaginarán que ese tío no era precisamente la mejor persona con la que compartir tu vida.*

No dice: *Gracias a Dios que había dos entradas en la casa, y que la madre y los dos pequeños pudieron esconderse mientras Logan frustraba las intenciones del grillado de su padre y daba su vida por protegerlos, como seguramente había hecho ya millones de veces, de millones de formas distintas.*

No dice: *Ah, por cierto, yo estaba enamorada de Logan y ahora nunca podré decírselo y ha muerto sin tan siquiera saberlo y ¿por qué mierda ha tenido que morir? ¿Solo porque su padre era un friki paranoico de las armas?*

Pero yo sé por qué ha muerto. Ha muerto para salvar a su madre y a sus hermanos pequeños, y eso tampoco es justo.

No dice: *Los hermanos pequeños de Logan parecían angelitos con sus pijamas de Star Wars, y ese jodido hijo de puta intentó matarlos a tiros, ¿y qué sentido tiene Dios, o lo que sea que haya en el universo, después de una cosa así?*

No dice: *Dios, ¿dónde cojones estabas anoche?*

sesenta y tres

Supongo que mi familia está preocupada de verdad por mí, porque mis hermanas han acampado en mi habitación, lo cual es raro teniendo en cuenta lo mucho que me odian. Las dos están ahí tumbadas, en sus pufs, acampadas en un rincón de mi habitación mientras yo duermo, miro al techo y no hablo con nadie.

La verdad es que casi me gusta, aunque se peleen conmigo, me escupan y me atormenten cada vez que se les presenta la oportunidad, porque ellas saben que esas son las cosas que pueden conseguir que me dispare al fin, y que inevitablemente me lleven en una furgonetita blanca unos tipos con chaquetas blancas, porque todos sabíamos que iba a ocurrir de todos modos.

El señor Baum llama desde el Bunza Hut y mi madre le dice que no puedo ir. Le dice que no cuente conmigo durante un tiempo, que es el modo que tiene mi madre de decir que lo dejo. No es que me lo haya preguntado ni nada, pero lo sabe. Y tiene razón. No hace falta decir con palabras que el Bunza Hut y yo somos historia.

Lizzie está sentada ahí, leyendo un libro sobre un tal Darcy, que todo el mundo creía que era un imbécil, pero que al final resultó ser superfantástico. Neener se está pintando las uñas. Robby está entrenando al fútbol, como siempre. Podrías poner el reloj en hora con sus horarios. Pero anoche entró y me dio su trofeo de la suerte. Fue muy fuerte. Suele estar siempre en una vitrina de cristal o bajo llave. De vez en cuando, Henry asoma la cabeza. No dice nada. Se limita a mirar a mis hermanas, asiente y se marcha. Excepto esta mañana, que tenía algo que decir, lo cual es muy propio de Henry.

—Dicen que van a cobrar todo el dinero del seguro de vida, porque no ha sido un suicidio.

Lizzie y Neener lo miran sorprendidas.

—Ahora son ricos.

Aceptamos la noticia en silencio.

Mi madre se quedaría a dormir en otra cama que hay al lado de la mía si pudiera, pero viendo el interés que mis hermanas han tomado en mi bienestar, ha decidido permitir que el milagro siga su curso.

Jared llama de vez en cuando, pero Lizzie cuelga.

Neener me trae revistas de cotilleos para que no piense en ello, lo cual resulta agradable.

Nunca habría pensado que mis hermanas me iban a proteger así. Lizzie no ha vuelto a escupirme en la boca una sola vez. El ogro ha intentado asomarse, pero mis hermanas han desbaratado su plan.

No lo van a tolerar. Después de años de ver cómo mimaba a Robby, cómo construía aviones con Henry, cómo sonreía a Neener, cómo toleraba a Lizzie pero cómo me volvía la espalda y como cada vez, sin faltar una, gruñía, protestaba o me llevaba la contraria a cualquier cosa que yo pudiera decir, aunque fuera que el cielo es azul o que el planeta es redondo… mis hermanas no se tragan lo que pretendía hacer hoy.

El ogro ni siquiera ha podido llegar a la mitad del pasillo.

Hay que reconocerle el mérito a Lizzie. Intimidar es su fuerte.

Y Neener se ha limitado a inclinar la cabeza mirándome.

—No te preocupes, niña. Ya está.

Y por otro lado, está el instituto. Mañana es el primer día que hay clase, y todo el mundo dice que va a haber un funeral en el gimnasio. Me lo imagino. Becky vive enfrente de Logan. Logrará convertirlo en *La hora trágica de Becky*. Seguramente tendrá escrito un panegírico y llorará hablando de su «gran amigo Logan» y de cómo ella está destrozada, de cómo no puede seguir adelante sin él.

Seguramente se habrá comprado de color negro la ropa de toda la temporada.

sesenta y cuatro

No sé por qué, pero el ogro me lleva hoy al instituto. No me hace ninguna gracia. No abre la boca durante el camino y yo, tampoco. No voy a decir nada si él no habla.

De ninguna manera.

Se para junto a la acera y estoy a punto de bajarme y acabar con esta pesadilla, pero me llama.

Uf.

—Anika, solo quiero decirte algo.

—Eh… vale.

—Sé que no te gusto. Y sé que tú piensas que no me gustas.

—No lo pienso, lo sé, así que…

—¡A lo mejor es que no sé qué decirte!

Qué raro. Eso sí que no me lo esperaba.

—Soy un hombre de mediana edad que trabaja todo el día para poner comida en la mesa para cinco adolescentes.

—Ya.

—Y puede que no sea un tío listo como tu padre, pero estoy aquí. Y estoy haciendo el trabajo. Y quiero a tu madre. Y os quiero a vosotros. Y sí, eso te incluye a ti.

—Ah.

—Y siento de verdad lo que le ha pasado a tu amigo.

Debe ser por lo cansada que estoy, pero por alguna extraña razón, todo este discurso en la acera me está humedeciendo los ojos. Es que... bueno, que no sé por dónde empezar.

—Y voy a intentar pensar en algo que pueda decir pero, sinceramente, no tengo mucho en común con una chica de quince años, ¿sabes?

—Bueno, a lo mejor podías empezar por decir «hola» o algo así.

Él asiente.

—Os quiero mucho a todos, a vosotros y a vuestra madre. Sois todo lo que tengo.

Supongo que la masacre de la familia ha debido afectarle porque juraría que se le atascan un poco las palabras en la garganta. Allí mismo, en el coche.

—Vale. Eh... tenemos un trato, supongo.

Él me mira. Un poco desencajada, pero me ofrece un esbozo de sonrisa.

Yo me vuelvo para entrar en el instituto. Desde luego no me esperaba algo así esta mañana. En realidad, era lo último que esperaba que pudiese ocurrir. ¿Sabes qué pensé de verdad? Que mi madre le había hablado del dinero y que me iba a castigar hasta que llegase el momento de entrar en la universidad.

sesenta y cinco

En el gimnasio todo el mundo va vestido de negro, o lleva un braza-
lete negro, y hay una fotografía gigante de Logan al fondo, rodeada de
lilas blancas. Hay un enorme mural conmemorativo junto al que han
colocado velas y en el que han escrito toda clase de chorradas como
«Te nos has ido demasiado pronto», *«Dios esté contigo»* y *«Te echamos de
menos»*. Un montón de palabras amables para una persona que, tan
solo dos días atrás, era un paria social.

Pero todo el mundo quiere formar parte de esto.

Quieren tomar parte en el drama. Quieren un pedazo de él. Quieren cobrar significado acercándose a la tragedia. Eran el compañero
de química de Logan. Estaban en el grupo de estudio de Logan. Eran
amigos de Logan.

En este momento, uno de los profesores está ahí arriba, una mujer
flaca como un lápiz con una falda negra de lana, que va a presentar a
«una oradora muy especial», e invita a *«esa oradora muy especial»* a subir
a la tarima.

Y esa *«oradora muy especial»* es Becky.

Por supuesto.

Porque Becky vivía en frente de él.

Shelli y yo nos sentamos juntas en el primer banco, mientras Becky
sube a la tarima. Va toda de negro, la viva imagen de una adolescente

de luto. Su vestido es de Gucci. Recién planchado. Se seca los ojos. Mira a la audiencia. Vuelve a enjugarse los ojos.

Menudo numerito.

Deja salir un hondo suspiro y comienza…

—Logan McDonough era mi vecino. Mi compañero de clase. Mi amigo. No mucha gente sabía del lazo tan fuerte que nos unía, porque era algo precioso. Más precioso que los cotilleos. Muy especial, porque él era muy especial. No fueron muchos los que tuvieron la oportunidad, de la que yo disfruté, de ver su corazón, su pensamiento brillante, el modo en que veía el mundo, a través de un prisma increíble y original. Y ahora…

Pausa.

Lágrimas.

—Y ahora, ese corazón se ha apagado. Se ha detenido antes de que fuera su hora.

Más lágrimas.

Lágrimas suficientes para botar un barco. Lágrimas suficientes para hacer que la profesora se ofrezca a rescatarla. ¡Pero no! Becky alza la mano. Es fuerte. Puede hacerlo. Es valiente.

—Pero la verdad es que su corazón perdurará. Su corazón brillará. Para siempre. Logan, ahora eres eterno… te quiero, Logan. Todos te queremos. Todos te echaremos de menos.

No hay un solo ojo seco en todo el gimnasio.

Todo el mundo se lo ha tragado. Es como si todo el instituto tuviese amnesia.

La profesora vuelve a levantarse. Va a presentar a la siguiente «oradora muy especial». Y la siguiente «oradora muy especial» soy yo.

Hay silencio, algunas toses y gente que se mueve en sus asientos mientras subo a la tarima. Sí, yo también voy de negro, pero parece que acabara de salir a cuatro patas de la secadora. Estoy de pie en la tarima y miro a mis compañeros de clase. Debe haber unas trescientas personas. Todo el instituto está allí. Todo lo que Pound High School tiene que ofrecer. Incluso los *heshers* están al fondo, cerca de las gradas descubiertas.

Tengo todo un discurso escrito sobre Logan. Sobre quién era, lo brillante que era, y cómo nunca habrá nadie como él, como el héroe de la vida real que fue. Todo el mundo me está mirando, y la profesora asiente, afirmándome. Está intentando decirme que puedo hacerlo. Puedo hacerlo. Y que me de prisa y arranque de una vez.

Silencio.

Y ahora miro a los trescientos rostros.

—Bueno... a ver... yo estaba enamorada de Logan McDonough. Era mi novio.

Hay ruido de movimientos y unas cuantas miradas.

—Hizo sonar la alarma contra incendios en dos ocasiones y dejó un cuadro en clase de arte para mí.

Estoy segura que uno de los *heshers* del fondo dice:

—¡Lo sabía!

Sonrío para mí misma. Todo eso parece quedar ahora tan lejos...

—Con la segunda alarma, llenó la clase de mariposas.

Miro al profe de Arte y asiente, y yo sé que no tengo que preocuparme. Él sabe la verdad, yo sé la verdad, y no le importa. Parece incluso conmovido.

—Logan era un inadaptado, un rarito, y era como si estuviera hecho de criptonita. Ninguno de nosotros quería tocarlo. Pero me escribió el haiku más chulo que he leído nunca. Fue lo último que me dio.

Todo el mundo se inclina hacia delante para verlo, incluidas Becky y Shelli. Hasta los musculitos. Lo saco e intento que la mano no me tiemble, aunque me sé de memoria lo que pone.

Incesante. Casi excesiva
para esta pequeñez. Haces
que forme parte del cielo.

Hay silencio en el auditorio.

—Fue una especie de secreto. Yo lo conservé así, en secreto, porque me importaba... me importaba más lo que pensaran los demás que lo que pensaba yo. O más que lo que pensaba mi corazón. Y eso me convierte en una idiota.

Ahora miro a Becky y me encuentro con sus ojos clavados en mí, como si estuviese presenciando en directo el rodaje de una escena de telenovela que tuviese en la cabeza. Una escena en la que obviamente ella era la estrella y los demás meros comparsas. Parece molesta porque le haya robado los focos.

Podría echarme a llorar en aquel mismo instante, pero algo se apodera de mí, una necesidad de algo áspero. Algo harto de ser delicado.

Miro a Becky un buen rato.

—Pero, ahora que estoy siendo sincera, Logan McDonough pensaba que Becky Vilhauer era una hija de la gran puta. Y yo también lo pienso.

Desconcierto.

Alucine general.

Los cristianos se casan con los romanos en los altares.

Los Hatfiel se lo montan con los McCoy.

—Logan se habría reído hasta caer de culo oyendo ese estúpido discurso de Becky, que es el pedazo de mierda más grande que he oído jamás.

La profesora me mira como diciéndome que ya es hora de que me baje de ahí, pero eso no va a ocurrir.

—Porque Becky solo sabe crear mierda. Como cuando dijo que Stacy Nolan estaba embarazada. Fue cosa suya. Se lo inventó todo. Para reírse. Para su propio disfrute personal. ¡Para echarse unas risas!

Veo a Stacy en la audiencia, roja como la grana, y todo el mundo se mueve en sus asientos, y mira hacia los lados, porque no saben qué hacer ahora que Papá Noel, el Conejo de Pascua y Jesucristo pueden aparecer en cualquier momento detrás de mí.

—Tortura al pobre Joel Soren constantemente, solo porque un día no le dio un trozo de chicle. ¡De chicle! Y ahora, por eso, se lleva una paliza diaria. Lo torturan solo por un ridículo trozo de Hubba Bubba.

Veo a Jared al fondo de la sala. Asiente y sonríe de medio lado. ¿Qué está haciendo aquí?

—Ah, y no nos olvidemos de que intentó tirarse al hermano mayor de su novio. Sí, Brad. Becky quiso montárselo con tu hermano Jared en la fiesta de tu cumpleaños. ¿Que cómo lo sé? Porque yo tenía que vigilar al «cachorrito». Así te llama.

Ojalá pudiera verle los ojos a Shelli.

Y Becky… Becky está a punto de asaltar la tarima.

—Y por fin llegamos al tema de Jared Kline. Sí, dejé a Logan por Jared Kline porque, bueno… por un montón de razones, pero una de ellas era que Logan no era un tío enrollado. Porque me importaba que todo el mundo pensara que Logan era un friki. Y eso es algo con lo que voy a tener que vivir el resto de mi vida. Sí, es una mierda, y haría lo que fuera, cualquier cosa, con tal de recuperarlo. Pero para ser totalmente sincera, para poner de verdad las cartas boca arriba… Becky me advirtió que si no dejaba a ese «perdedor», es decir, a Logan, estaba acabada. Ese es el resumen de la «relación tan especial» que unía a Becky con Logan. Becky es un saco de mierda, y Logan era demasiado bueno para ella. De hecho, era demasiado bueno para mí, para cualquiera de nosotros.

Becky me mira como si ya me hubiera seccionado el cuello.

—Pero lo importante no es todo esto. Lo importante es preguntarse por qué estamos todos aquí actuando como unos idiotas y preocupándonos de lo que la idiota de Becky pueda decir sobre esto o sobre aquello. Nada de todo eso importa, ¿no? Es decir, ¿qué narices puede importar? Cuando tengas ochenta años y estés en tu lecho de muerte, ¿de verdad crees que va a lograr que te sientas mejor saber que te reíste cuando tocaba, de cualquier cosa, atuendo o persona que, según Becky Vilhauer, no era «chula»? ¿Y qué pasa si eres como Logan? ¿Y si de repente te lo arrebatan todo, así, una noche cualquiera? ¿De verdad piensas que algo de toda esta mierda te va a importar? ¿Lo crees así? ¿Qué narices nos pasa?

De pronto me doy cuenta de que podría estarle hablando a un pedazo de cemento.

—Gracias y buenas noches.

Silencio.

Canto de grillos.

Contemplo el mar de rostros catatónicos y me doy cuenta de que es el fin para mí. Todo ha terminado para mí, y ya está. Voy a tener que irme a vivir con el vampiro y meterme en una escuela privada en el este.

Pero...

Al fondo del gimnasio lo oigo. Un único aplauso. Un tímido aplauso. Es Jared Kline. Brad se levanta. Aplaude. Y a continuación, otro. Stacy Nolan se levanta. Un aplauso. Y otro. Chip Rider se levanta. Y aplaude. Y Jenny Schnittgrund. Y Joel Soren. Y Charlie Russell. Y ahora los *heshers* del fondo. Y de pronto, todo el auditorio estalla en aplausos y...

Y Becky mira a Shelli, que no está de pie. Está sentada a su lado como una bolsa de guisantes helados. Me mira. Mira a Becky. Mira al auditorio, abarrotado de musculitos, cerebrines, *heshers*, animadoras. Y vuelve a mirarme a mí. Becky se aferra a ella, se cuelga de su brazo como si fuera la última silla de la cubierta del *Titanic*.

Y Shelli se levanta.

Shelli se levanta y empieza a aplaudir.

Y Becky se derrite sobre el suelo. Se derrite por sus dos costados, como la Malvada Bruja del Oeste, y huye hacia la puerta lateral del auditorio como una hidra a la que hubiese rozado la luz del día, lo que hace que todo el mundo aplauda con más fuerza y, por una vez en su vida, Pound High se ve liberado del reinado de Becky la Terrible, y de pronto todos estamos unidos, emancipados, libres.

Y yo echo a andar hacia la puerta, camino entre todos con la cabeza bien alta, y no tengo que apartarme, ni saltar desde un puente, ni nada por el estilo. Salgo entre toda esa gente, paso junto a Jared Kline, que hace lo mejor que te puedas imaginar, porque Jared Kline siempre hace lo mejor que te puedas imaginar, que es... sonreír y tirar de la visera de su gorra, como si yo fuera lo mejor que pudiera encontrar sobre la faz de la tierra.

Y sé, en ese mismo momento, que ahora depende de mí, que siempre ha dependido de mí, y quién sabe si a lo mejor un día...

Pero ahora no, porque ahora salgo por la puerta principal y llego al campo de hierba que se extiende delante de mí como una alfombra mágica.

Y continúo caminando por ese campo, oyendo a los que vienen detrás, oyéndolos cada vez más bajo y más y más lejos, y le prometo al cielo, a Logan y más allá aún. Le prometo que no voy a olvidar. No te voy a olvidar. No permitiré que te olviden. No sé cómo, no sé ni siquiera cuándo o cómo, o tan siquiera si es posible… pero un día le hablaré a todos de ti, de ti y de mí, y de lo que ocurrió, y de algún modo lograré hablarle al mundo entero de ti y de cómo escribiste el haiku más bello del mundo, y te compensaré por ello, de algún modo, de alguna manera, te compensaré, lo prometo. Y pienso también en ellos, en los calcetines de R2-D2 y en el pijama de Spiderman, y en cómo Logan tuvo que decirle a Billy que su anquilosaurio tenía que quedarse al pie de la cama para protegerlo. Y quiero abrazar a Logan por lo que hizo. Quiero dar marcha atrás en el tiempo y abrazarlo contra mi pecho, y apretarlo, apretarlo, y no soltar. Pero eso sería como querer agarrar la luz de la puesta del sol y pedirle que no se marche.

Y si pudiera, daría marcha atrás en cada segundo de cada momento para volver atrás, si conociera el secreto.

Se tiene una sola oportunidad.

Las cosas se pueden hacer solo una vez, y no sabemos cuándo todo va a dejar de moverse hacia delante, describiendo círculos a nuestro alrededor, para pararse en seco y nada más. ¿Te lo puedes creer? Todo este tiempo lo he pasado sopesando esto y sopesando lo otro, preocupándome por esto y preocupándome por lo otro, viviendo hacia atrás y viviendo hacia delante, preocupándome por lo que este y el de más allá piense sobre esto y lo otro, pero olvidando vivir el aquí, *aquí*, el momento presente. Sin tan siquiera reconocer que este momento existe, y me golpea como una descarga eléctrica que me atravesara el pecho.

El momento, el aquí.

Eso es cuanto tenemos.

Antes de pasar a ser parte del cielo.

Agradecimientos

Para Dylan McCullough, sus hermanos y su madre.

Son muchas las personas nobles y amables a las que deseo dar las gracias por ayudarme a lo largo de esta travesía. En primer lugar a mi madre, Nancy Portes Kuhnel, y a mi mejor amigo, Brad Kluck. A mi perspicaz agente, Josie Freedman, en ICM. Por supuesto a mi agente literario, Katie Shea Boutillier, en Donald Maas Literary Agency. Y a mi increíble editora, Kristen Pettit, en HarperCollins, así como a todo el equipo de Harper, en particular a Jennifer Steinbach Klonsky y a Elizabeth Lynch. He tenido la gran suerte de contar con magníficos editores a lo largo del camino: Dan Smetanka en *Bury This*. Fred Ramey en *Hick*. En mi familia, a mi hermano Charles De Portes y a mi hermana, Lisa Portes. Mi padre, el doctor Alejandro Portes. A mis maravillosos hermanastros: María Patricia Fernández-Kelly. Doug Kuhnel, Nancy Kuhnel y Bobby Kuhnel. También a la personas que hicieron de *Hick* una experiencia tan magnífica: Derick Martini, Chloë Grace Moretz, Eddie Redmayne, Teri y Trevor Moretz, Christian Taylor. Matthew Specktor, Joel Silverman, Dawn Cody, Noelle Hale, Stuart Gibson, Trevor Kaufman, John Limpert, Mira Crisp, Io Perry. Por supuesto a mi brillante y encantador prometido, Sandy Tolan. Y al final, aunque no por ello menos importante, el sol en el cielo para mí, la chispa de mi vida, el pequeño príncipe más adorable, mi hijo Wyatt Storm.